COLLECTION FOLIO

La poésie à vivre

Paroles de poètes

Préface et présentation des textes
par Jean-Pierre Siméon

Choix des textes par Marie Gargne
et Jean-Pierre Siméon

Gallimard

Préface

Qu'est-ce que la poésie ? Voilà bien une question qui fait tout un chacun ou lever les yeux au ciel, ou s'arracher les cheveux ou tourner le dos. Alors peut-être déplaçons-la, la question. Où trouve-t-on de la poésie ? C'est plus facile, n'est-ce pas ? Voyons, pourquoi chercher midi à 14 heures ? Dans les poèmes a priori, non ? Qui veut voir des kangourous va en Australie il me semble. Bref, on dira ce qu'on voudra, depuis que l'homme sait parler, il y a cette chose qu'on appelle la poésie et qui se trouve dans ce que nous appelons aujourd'hui les poèmes, et qu'on a pu appeler autrement, peu importe : c'est là où ça ne parle pas comme on parle ordinairement, là où ça chante, là où se disent des choses impossibles, étranges, imprévues. Or, qu'on aime ou qu'on n'aime pas la poésie, qu'on lise ou non des poèmes, nul ne peut échapper à cette bête question : pourquoi ? Pourquoi en tout temps et en tous lieux depuis toujours, ce qui semble donc une nécessité, l'homme fait-il de la poésie ?

Une telle constance et une telle universalité du phénomène interdisent absolument qu'on le traite, comme on fait pourtant communément, à la légère. Elles ridiculisent en tout cas définitivement ces explications vénielles et pourtant les plus partagées, qui font de la poésie, c'est selon, une charmante particularité, un curieux bricolage intellectuel, un gracieux supplément d'âme pour qui aurait donc déjà suffisamment d'âme pour en vouloir un peu plus…

Prenons donc la question au sérieux. Pourquoi y a-t-il de la poésie plutôt que non ? Ou, pour le formuler autrement : de quoi la poésie est-elle la manifestation dans l'histoire humaine ?

Curieusement, ce n'est pas chez les poètes qu'on va chercher la réponse à cette question, mais plus généralement chez les philologues, les philosophes, les sociologues, les psychiatres ou les anthropologues. Nul ne conteste qu'ils aient leur mot à dire mais cela revient malgré tout à interroger le pétrographe sur les enjeux et les motivations de l'alpinisme… bref tout se passe comme si nous étions tellement convaincus que les poètes sont des êtres essentiellement sentimentaux que nous accordons peu de crédit à leur capacité d'intellection. Eh bien non, le poète pense, le poème pense, la poésie pense et ce livre va le prouver. Il se trouve que si cette pensée n'est pas purement conceptuelle (c'est en effet une pensée impure puisqu'elle est impliquée), elle n'en est pas moins une pensée et assurément d'autant plus opportune qu'elle n'est pas conforme. C'est-à-dire ? « La poésie est l'état de la pensée concrète », disait Aragon.

Qu'est-ce que cette pensée concrète et quel est son objet ? Eh bien, vous allez le voir : une redéfinition radicale de la vie et un exposé des moyens que la poésie se donne pour y parvenir. La vérité la plus évidente et la plus indiscutable qui se fait jour quand on lit la pensée des poètes sur leur propre travail, c'est que le poème au fond n'est rien en lui-même, il n'est que le témoin, l'effet et la preuve offerte de choix existentiels fondamentaux, d'un état neuf et libéré de la conscience, d'une quête sans compromis de l'absolu de la vie.

Le poème alors est un seuil qui mène à une autre compréhension de la réalité et du rapport au monde et, consécutivement et nécessairement, il implique la possibilité d'une autre façon de la vie. « Le plus beau poème du monde ne sera jamais qu'un pâle reflet de ce qu'est la poésie : une manière d'être, d'habiter, de s'habiter », disait Georges Perros. La poésie offre les arguments d'une éthique ardente et intransigeante dont le principe non négociable est l'ajustement à la vie plénière arrachée à ses leurres et prétextes de toutes sortes.

Tel est le sens de ce recueil de paroles de poètes que nous vous donnons à lire : signifier que l'enjeu de la poésie ne relève que secondairement de la chose littéraire, de l'invention formelle, de la préoccupation esthétique. On ne vous entretiendra pas ici de prosodie, de savantes querelles sur le vers et la prose, de poéticité et autres stratégies d'évitement de cet acabit, mais de conscience brûlée, d'inquiétude, d'ardeur, d'amour, d'horizons renversés, de ferveur et d'effroi, bref, d'un refus insolent et obstiné de « la vie vacante » (André Velter) et de la recherche éperdue d'une issue à l'impasse où nous nous fourvoyons par restriction et soumission du désir.

La poésie est à lire bien sûr mais pour la seule raison qu'elle est à vivre. Nulle utopie dans cette affirmation, c'est ici et maintenant qu'il faut prendre en compte, et c'est urgent, cette autre orientation de la vie et donc du destin individuel et collectif que la poésie propose. Entendra-t-on enfin les poètes ? Une vingtaine d'entre eux ici nous parlent mais nous aurions pu, sur le même propos, en rassembler des dizaines. De Wang Wei à Whitman, de Shelley à Octavio Paz, de Novalis à René Char, de Césaire à Reverdy, tant et tant nous ont interpellé en vain ! En temps de détresse, oui, nous avons besoin de ceux qui appellent à renverser l'évidence, et à renouer tant qu'il en est encore temps avec le sens perdu de la réalité.

Vivre en poète, c'est ne pas renoncer.

Jean-Pierre SIMÉON

« Sténographe de la Vie. — C'est tout ce que je veux que l'on inscrive sur mon monument (ma croix !) — Seulement, Vie avec majuscule, impérativement. Si j'étais un homme, j'aurais dit : de l'Être (le 10 avril 1920). »

Marina TSVÉTAÏÉVA

ARTHUR RIMBAUD

« Lettres dites du voyant »

Poésies 1870-1871

Que la poésie puisse changer la vie, qu'elle puisse renverser tous les ordres établis du réel, émanciper l'homme de ses vieilles attaches et des conventions périssables, un jeune homme, en mai 1871, l'affirme haut et fort, avec une si fougueuse insolence et un tel génie de la formule que la déflagration que vont provoquer ses deux lettres dites « du voyant » n'a pas encore cessé de produire ses effets. Qu'importerait la poésie pour Rimbaud si elle n'était autant en actes qu'en paroles l'affirmation d'une liberté souveraine, un violent déni de l'embourgeoisement du cœur, une étreinte ardente de l'infini du réel, un vertige du corps et de l'âme ? Tous les poètes qui le suivront seront peu ou prou tributaires de ce vœu de refondation de la vie.

Je dis qu'il faut être *voyant,* se faire *voyant.*

Le Poète se fait *voyant* par un long, immense et raisonné *dérèglement* de *tous les sens.* Toutes les formes d'amour, de souffrance, de folie ; il cherche lui-même, il épuise en lui tous les poisons, pour n'en garder que les quintessences. Ineffable torture où il a besoin de toute la foi, de toute la force surhumaine, où il devient entre tous le grand malade, le grand criminel, le grand maudit, — et le suprême Savant ! — Car il arrive à l'*inconnu* ! Puisqu'il a cultivé son âme, déjà riche, plus qu'aucun ! Il arrive à l'inconnu, et quand, affolé, il finirait par perdre l'intelligence de ses visions, il les a vues ! Qu'il crève dans son bondissement par les choses inouïes et innommables : viendront d'autres horribles travailleurs ; ils commenceront par les horizons où l'autre s'est affaissé ! [...]

Je reprends :

Donc le poète est vraiment voleur de feu.

Il est chargé de l'humanité, des *animaux* même ; il devra faire sentir, palper, écouter ses inventions ; si ce qu'il rapporte de *là-bas* a forme, il donne forme ; si c'est informe, il donne de l'informe. Trouver une langue ;

— Du reste, toute parole étant idée, le temps d'un langage universel viendra ! Il faut être académicien, — plus mort qu'un fossile, — pour parfaire un dictionnaire, de quelque langue que ce soit. Des faibles se mettraient *à penser* sur la première lettre de l'alphabet, qui pourraient vite ruer dans la folie ! —

Cette langue sera de l'âme pour l'âme, résumant tout, parfums, sons, couleurs, de la pensée accrochant la pensée et tirant. Le poète définirait la quantité d'inconnu s'éveillant en son temps dans l'âme universelle : il donnerait plus — que la formule de sa pensée, que la notation *de sa marche au Progrès !* Énormité devenant norme, absorbée par tous, il serait vraiment *un multiplicateur de progrès !*

Cet avenir sera matérialiste, vous le voyez ; — Toujours pleins du *Nombre* et de l'*Harmonie*, ces poèmes seront faits pour rester. — Au fond, ce serait encore un peu la Poésie grecque.

L'art éternel aurait ses fonctions, comme les poètes sont citoyens. La Poésie ne rythmera plus l'action ; elle *sera en avant.*

Ces poètes seront ! Quand sera brisé l'infini servage de la femme, quand elle vivra pour elle et par elle, l'homme, — jusqu'ici abominable, — lui ayant donné son renvoi, elle sera poète, elle aussi ! La femme trouvera de l'inconnu ! Ses mondes d'idées différeront-ils des nôtres ? — Elle trouvera des choses étranges, insondables, repoussantes, délicieuses : nous les prendrons, nous les comprendrons.

PAUL VALÉRY

« Poésie et pensée abstraite »

Variété V

Pour beaucoup d'entre nous, Paul Valéry (1871-1945) est le poète sétois du Cimetière marin : *« Ce toit tranquille, où marchent des colombes... » Mais il fut constamment un des plus fins penseurs de la poésie, notamment à la faveur de ses cours au Collège de France dont la chaire de poétique fut créée pour lui en 1937. Coexistaient en effet en lui le maître de la pensée abstraite et le poète sensible. Or dans cette expérience personnelle d'un double rapport au réel, certes non contradictoire mais complémentaire, il fonde sa conviction que nous sommes tous susceptibles d'éprouver un état poétique foncier qui bouleverse notre relation au monde et nous le restitue autre dans une harmonie imprévue. Le poète est celui qui suscite cet état de poésie et permet à chacun l'expérience d'un émerveillement qui ouvre sa conscience et sa sensibilité à des dimensions inconnues.*

J'ai donc observé en moi-même tels états que je puis bien appeler *Poétiques*, puisque quelques-uns d'entre eux se sont finalement achevés en poèmes. Ils se sont produits sans cause apparente, à partir d'un accident quelconque ; ils se sont développés selon leur nature, et par là, je me suis trouvé écarté pendant quelque temps de mon régime mental le plus fréquent. Puis, je suis revenu à ce régime d'échanges ordinaires entre ma vie et mes pensées, mon cycle étant achevé. Mais il était arrivé qu'un *poème avait été fait*, et que le cycle, dans son accomplissement, laissait quelque chose après soi. Ce cycle fermé est le cycle d'un acte qui a comme soulevé et restitué extérieurement une puissance de poésie…

J'ai observé d'autres fois qu'un incident non moins insignifiant causait — ou semblait causer — une excursion toute différente, un écart de nature et de résultat tout autre.

Par exemple, un rapprochement brusque d'idées, une analogie, me saisissait, comme un appel de cor au sein d'une forêt fait dresser l'oreille, et oriente virtuellement tous nos muscles qui se sentent coordonnés vers quelque point de l'espace et de la profondeur des feuillages. Mais, cette fois, au lieu d'un poème, c'était une analyse de cette sensation intellectuelle subite qui s'emparait de moi. Ce n'étaient point des vers qui se détachaient plus ou moins facilement de ma durée dans cette phase ; mais quelque proposition qui se destinait à s'incorporer à mes habitudes de pensée, quelque formule qui devait désormais servir d'instrument à des recherches ultérieures...

Je m'excuse de m'exposer ainsi devant vous ; mais j'estime qu'il est plus utile de raconter ce que l'on a éprouvé, que de simuler une connaissance indépendante de toute personne et une observation sans observateur. En vérité, il n'est pas de théorie qui ne soit un fragment, soigneusement préparé, de quelque autobiographie.

Ma prétention ici n'est pas de vous apprendre quoi que ce soit. Je ne vous dirai rien que vous ne sachiez ; mais je vous le dirai peut-être dans un autre ordre. Je ne vous apprendrai pas qu'un poète n'est pas toujours incapable de raisonner une *règle de trois* ; ni qu'un logicien n'est pas toujours incapable de considérer dans les mots autre chose que des concepts, des classes et de simples prétextes à syllogismes.

J'ajouterai même sur ce point cet avis paradoxal : que si le logicien ne pouvait jamais être que logicien, il ne serait pas et ne pourrait pas être un logicien ; et que si l'autre ne fût jamais que poète, sans la moindre espérance d'abstraire et de raisonner, il ne laisserait après soi aucune trace poétique. Je pense très sincèrement que si chaque homme ne pouvait pas vivre une quantité d'autres vies que la sienne, il ne pourrait pas vivre la sienne.

Mon expérience m'a donc montré que le même *moi* fait des figures fort différentes, qu'il se fait abstracteur ou poète, par des spécialisations successives, dont chacune est un écart de l'état purement disponible et superficiellement accordé avec le milieu extérieur, qui est l'état moyen de notre être, l'état d'indifférence des échanges.

Voyons d'abord en quoi peut consister l'ébranlement initial et *toujours accidentel* qui va construire en nous l'instrument poétique, et surtout quels sont ses effets. Le problème peut se mettre sous cette forme : la Poésie est un art du Langage ; certaines combinaisons de paroles peuvent produire une émotion que d'autres ne produisent pas, et que nous appellerons *poétique*. Quelle est cette espèce d'émotion ?

Je la connais en moi à ce caractère que tous les objets possibles du monde ordinaire, extérieur ou intérieur, les êtres, les événements, les sentiments et les actes, demeurant ce qu'ils sont d'ordinaire quant à leurs apparences, se trouvent tout à coup dans une relation indéfinissable, mais merveilleusement juste avec les modes de notre sensibilité générale. C'est dire que ces choses et ces êtres connus — ou plutôt les idées qui les représentent — changent en quelque sorte de valeur. Ils s'appellent les uns les autres, ils s'associent tout autrement que selon les modes ordinaires ; ils se trouvent (permettez-moi cette expression) *musicalisés*, devenus résonnants l'un par l'autre, et comme harmoniquement correspondants. L'univers poétique ainsi défini présente de grandes analogies avec ce que nous pouvons supposer de l'univers du rêve.

Puisque ce mot de *rêve* s'est introduit dans ce discours, je dirai au passage qu'il s'est fait dans les temps modernes, à partir du romantisme, une confusion assez explicable entre la notion de rêve et celle de poésie. Ni le rêve ni la rêverie ne sont nécessairement poétiques ; ils peuvent l'être : mais des figures formées *au hasard* ne sont que *par hasard* des figures harmoniques.

Toutefois nos souvenirs de rêves nous enseignent, par une expérience commune et fréquente, que notre conscience peut être envahie, emplie, entièrement saturée par la production d'une *existence*, dont les objets et les êtres paraissent les mêmes que ceux qui sont dans la veille ; mais leurs significations, leurs relations et leurs modes de variation et de substitution sont tout autres et nous représentent sans doute, comme des symboles ou des allégories, les fluctuations immédiates de notre sensibilité *générale*, non contrôlée par les sensibilités de nos sens *spécialisés*. C'est à peu près de même que l'*état poétique* s'installe, se développe, et enfin se désagrège en nous.

C'est dire que cet *état de poésie* est parfaitement

irrégulier, inconstant, involontaire, fragile, et que nous le perdons, comme nous l'obtenons *par accident*. Mais cet état ne suffit pas pour faire un poète, pas plus qu'il ne suffit de voir un trésor en rêve pour le retrouver, au réveil, étincelant au pied de son lit.

Un poète — ne soyez pas choqué de mon propos — n'a pas pour fonction de ressentir l'état poétique : ceci est une affaire privée. Il a pour fonction de le créer chez les autres. On reconnaît le poète — ou du moins, chacun reconnaît le sien — à ce simple fait qu'il change le lecteur en « inspiré ». L'inspiration est, positivement parlant, une attribution gracieuse que le lecteur fait à son poète : le lecteur nous offre les mérites transcendants des puissances et des grâces qui se développent en lui. Il cherche et trouve en nous la cause merveilleuse de son émerveillement.

RAINER MARIA RILKE

Les Cahiers de Malte Laurids Brigge

(Traduction de l'allemand par Maurice Betz)

Avant de devenir un des plus grands poètes de langue allemande du XXe siècle, le jeune Rainer Maria Rilke, né à Prague en 1875, écrit son premier et unique roman Les Cahiers de Malte Laurids Brigge *où se trouve le fameux extrait qu'on va lire : en quelques phrases fulgurantes et poignantes, Rilke y exprime le lien consubstantiel entre la poésie et la vie et l'univers sensible où elle s'inscrit. Comme dans les* Lettres à un jeune poète, *il donne ainsi la formule de l'engagement existentiel du poète dont l'œuvre ne peut trouver son authenticité et sa vérité éclairante qu'en s'enracinant au plus profond de l'expérience humaine. Peut-on mieux dire combien tout poème n'est que la fleur qui s'élève du grave et exaltant secret de nos vies et nous restitue la part d'infini qui les traverse ?*

Je crois que je devrais commencer à travailler un peu, à présent que j'apprends à voir. J'ai vingt-huit ans et il n'est pour ainsi dire rien arrivé. Reprenons : j'ai écrit une étude sur *Carpaccio* qui est mauvaise, un drame intitulé *Mariage* qui veut démontrer une thèse fausse par des moyens équivoques, et des vers. Oui, mais des vers signifient si peu de chose quand on les a écrits jeune ! On devrait attendre et butiner toute une vie durant, si possible une longue vie durant ; et puis enfin, très tard, peut-être saurait-on écrire les dix lignes qui seraient bonnes. Car les vers ne sont pas, comme certains croient, des sentiments (on les a toujours assez tôt), ce sont des expériences. Pour écrire un seul vers, il faut avoir vu beaucoup de villes, d'hommes et de choses, il faut connaître les animaux, il faut sentir comment volent les oiseaux et savoir quel mouvement font les petites fleurs en s'ouvrant le matin. Il faut pouvoir repenser à des chemins dans des régions inconnues, à des rencontres inattendues, à des départs que l'on voyait longtemps approcher, à des jours d'enfance dont le mystère ne s'est pas encore éclairci, à ses parents qu'il fallait qu'on froissât lorsqu'ils vous apportaient une joie et qu'on ne la comprenait pas (c'était une joie faite pour un autre), à des maladies d'enfance qui commençaient si singulièrement, par tant de profondes et graves transformations, à des jours passés dans des chambres calmes et contenues, à des matins au bord de la mer, à la mer elle-même, à des mers, à des nuits de voyage qui frémissaient très haut et volaient avec toutes les étoiles, — et il ne suffit même pas de savoir penser à tout cela. Il faut avoir des souvenirs de beaucoup de nuits d'amour, dont aucune ne ressemblait à l'autre, de cris de femmes hurlant en mal d'enfant, et de légères, de blanches, de dormantes accouchées qui se refermaient. Il faut encore avoir été auprès de mourants, être resté assis auprès de morts, dans la chambre, avec la fenêtre ouverte et les bruits qui venaient par à-coups. Et il ne suffit même pas d'avoir des souvenirs. Il faut savoir les oublier quand ils sont nombreux, et il faut avoir la grande patience d'attendre qu'ils reviennent. Car les souvenirs eux-mêmes ne sont pas encore cela. Ce n'est que lorsqu'ils deviennent en nous sang, regard, geste, lorsqu'ils n'ont plus de nom et ne se distinguent plus de nous, ce n'est qu'alors qu'il peut arriver qu'en une heure très rare, du milieux d'eux, se lève le premier mot d'un vers.

VIRGINIA WOOLF

Orlando

(Traduction de l'anglais par Jacques Aubert)

Il est des poètes sans poèmes et il n'est pas nécessaire d'être dûment estampillé poète pour comprendre et épouser les enjeux de la poésie. En témoignent ces pages admirables de la grande romancière anglaise Virginia Woolf (1882-1941), extraites de son roman Orlando. *L'héroïne qui comprend ici dans une sorte de révélation initiatique qu'elle est, dans sa fusion charnelle avec la nature, plus proche du sens intime de la poésie — « une voix qui répond à une voix » — que dans le tourbillon du succès littéraire, entend enterrer son poème au pied d'un arbre, signifiant ainsi symboliquement le vrai lieu du poème : comme nous né de la terre et retournant à la terre, il dit notre lien foncier avec l'origine. Rien d'étonnant dès lors que Philippe Jaccottet, poète du secret naturel, ait pris dans ce roman le titre d'un de ses livres :* Une transaction secrète.

Le sentier aux fougères conduisait, avec force tournants et détours, de plus en plus haut jusqu'au chêne, qui se dressait au sommet. L'arbre était devenu plus gros, plus robuste et plus noueux depuis l'époque où elle l'avait rencontré pour la première fois, quelque part autour de l'an 1588, mais il était encore dans toute la force de l'âge. Les petites feuilles finement froncées palpitaient toujours sur les branches touffues. Se jetant sur le sol, elle éprouva la sensation des os de l'arbre courant telles des côtes à partir d'une épine dorsale de-ci de-là au-dessous d'elle. Elle se plaisait à penser qu'elle chevauchait sur le dos du monde. Elle aimait s'attacher à quelque chose de dur. Au moment où elle se jeta au sol un petit livre carré relié de toile rouge tomba du sein de sa veste de cuir — son poème « Le Chêne ». « J'aurais dû apporter une truelle », se dit-elle. La terre était si peu épaisse sur les racines qu'il paraissait douteux qu'elle puisse faire ce qu'elle avait projeté, enterrer le livre ici. En outre, les chiens le déterreraient. La chance ne préside jamais à de telles célébrations symboliques, songea-t-elle. Peut-être vaudrait-il donc autant s'en passer. Elle avait sur le bout de la langue un petit discours qu'elle entendait prononcer sur le livre au moment de l'enterrer. (Celui-ci était un exemplaire de l'édition originale, signé par l'auteur et par l'artiste.) « J'enterre ceci en hommage, aurait-elle dû dire, pour rendre à cette terre ce que cette terre m'a donné », mais Seigneur ! dès que l'on se mettait à déclamer des mots tout haut, comme ils paraissaient niais ! Il lui revenait à l'esprit le vieux Greene monté sur l'estrade l'autre jour, la comparant à Milton (abstraction faite de la cécité) et lui tendant un chèque de deux cents guinées. Elle avait alors songé au chêne, là, sur sa colline, et qu'est-ce que ceci a à faire avec cela ? s'était-elle demandé. Qu'est-ce que les éloges et la renommée ont à faire avec la poésie ? Qu'est-ce que sept éditions (le livre avait déjà atteint ce chiffre respectable) ont à faire avec sa valeur ? L'écriture de la poésie n'était-elle pas une transaction secrète, une voix qui répond à une voix ? En sorte que tout ce caquetage et ces éloges et ces condamnations et les rencontres avec ces gens qui vous admiraient et les rencontres avec ceux qui ne vous admiraient pas étaient aussi peu que possible en accord avec la chose elle-même — une voix qui répond à une voix. Qu'aurait-il pu y avoir de plus secret, songea-t-elle, de plus lent, et de plus comparable au commerce d'amants, que la réponse balbutiante qu'elle avait faite toutes ces années à la vieille chanson fredonnée par les bois, et les fermes avec ces chevaux bruns attendant au portail, encolure contre encolure, et la forge et la cuisine et les champs, qui si laborieusement portaient blé, navets, herbe, et le jardin répandant à tout vent iris et fritillaires ?

SAINT-JOHN PERSE

Allocution au banquet Nobel du 10 décembre 1960

Alexis Leger dit Saint-John Perse (1887-1975) est un des rares poètes français à avoir obtenu le prix Nobel de littérature (en 1960). Né en Guadeloupe, celui qui fut par ailleurs un grand diplomate a inventé un chant unique dans la poésie française, porté par d'amples versets scintillant d'images lumineuses et sensuelles, communiquant son élan vertigineux au lecteur et l'invitant à éprouver avec lui et en lui une présence pleine au grand tout du monde. Cette poésie du plein vent et du grand large, souvent mystérieuse, est un appel à retrouver une unité originelle et un souffle commun qui transcendent l'histoire mouvementée des hommes. On entendra ce vœu magnifique et généreux dans l'allocution prononcée lors de la remise du prix Nobel, qui n'eut rien de l'exercice convenu du remerciement mais prit la force d'une parole haute et franche rappelant à tous l'urgence et l'absolue nécessité de la poésie comme condition du devenir humain.

J'ai accepté pour la poésie l'hommage qui lui est ici rendu, et que j'ai hâte de lui restituer.

La poésie n'est pas souvent à l'honneur. C'est que la dissociation semble s'accroître entre l'œuvre poétique et l'activité d'une société soumise aux servitudes matérielles. Écart accepté, non recherché par le poète, et qui serait le même pour le savant sans les applications pratiques de la science.

Mais du savant comme du poète, c'est la pensée désintéressée que l'on entend honorer ici. Qu'ici du moins ils ne soient plus considérés comme des frères ennemis. Car l'interrogation est la même qu'ils tiennent sur un même abîme, et seuls leurs modes d'investigation diffèrent.

Quand on mesure le drame de la science moderne découvrant jusque dans l'absolu mathématique ses limites rationnelles ; quand on voit, en physique, deux grandes doctrines maîtresses poser, l'une un principe général de relativité, l'autre un principe « quantique » d'incertitude et d'indéterminisme qui limiterait à jamais l'exactitude même des mesures physiques ; quand on a entendu le plus grand novateur scientifique de ce siècle, initiateur de la cosmologie moderne et répondant de la plus vaste synthèse intellectuelle en termes d'équations, invoquer l'intuition au secours de la raison et proclamer que « l'imagination est le vrai terrain de germination scientifique », allant même jusqu'à réclamer pour le savant le bénéfice d'une véritable « vision artistique » — n'est-on pas en droit de tenir l'instrument poétique pour aussi légitime que l'instrument logique ?

Au vrai, toute création de l'esprit est d'abord « poétique » au sens propre du mot ; et dans l'équivalence des formes sensibles et spirituelles, une même fonction s'exerce, initialement, pour l'entreprise du savant et pour celle du poète. De la pensée discursive ou de l'ellipse poétique, qui va plus loin, et de plus loin ? Et de cette nuit originelle où tâtonnent deux aveugles-nés, l'un équipé de l'outillage scientifique, l'autre assisté des seules fulgurations de l'intuition, qui donc plus tôt remonte, et plus chargé de brève phosphorescence ? La réponse n'importe. Le mystère est commun. Et la grande aventure de l'esprit poétique ne le cède en rien aux ouvertures dramatiques de la science moderne. Des astronomes ont pu s'affoler d'une théorie de l'univers en expansion ; il n'est pas moins d'expansion dans l'infini moral de l'homme — cet univers. Aussi loin que la science recule ses frontières, et sur tout l'arc étendu de ces frontières, on entendra courir encore la meute chasseresse du poète. Car si la poésie n'est pas, comme on l'a dit, « le réel absolu », elle en est bien la plus proche convoitise et la plus proche appréhension, à cette limite extrême de complicité où le réel dans le poème semble s'informer lui-même.

Par la pensée analogique et symbolique, par l'illumination lointaine de l'image médiatrice, et par le jeu de ses correspondances, sur mille chaînes de réactions et d'associations étrangères, par la grâce enfin d'un langage où se transmet le mouvement même de l'Être, le poète s'investit d'une surréalité qui ne peut être celle de la science. Est-il chez l'homme plus saisissante dialectique et qui de l'homme engage plus ? Lorsque les philosophes eux-mêmes désertent le seuil métaphysique, il advient au poète de relever là le métaphysicien ; et c'est la poésie alors, non la philosophie, qui se révèle la vraie « fille de l'étonnement », selon l'expression du philosophe antique à qui elle fut le plus suspecte.

Mais plus que mode de connaissance, la poésie est d'abord mode de vie — et de vie intégrale. Le poète existait dans l'homme des cavernes, il existera dans l'homme des âges atomiques : parce qu'il est part irréductible de l'homme. De l'exigence poétique, exigence spirituelle, sont nées les religions elles-mêmes, et par la grâce poétique, l'étincelle du divin vit à jamais dans le silex humain. Quand les mythologies s'effondrent, c'est dans la poésie que trouve refuge le divin ; peut-être même son relais. Et jusque dans l'ordre social et l'immédiat humain, quand les Porteuses de pain de l'antique cortège cèdent le pas aux Porteuses de flambeaux, c'est à l'imagination poétique que s'allume encore la haute passion des peuples en quête de clarté.

Fierté de l'homme en marche sous sa charge d'éternité ! Fierté de l'homme en marche sous son fardeau d'humanité, quand pour lui s'ouvre un humanisme nouveau, d'universalité réelle et d'intégralité psychique... Fidèle à son office, qui est l'approfondissement même du mystère de l'homme, la poésie moderne s'engage dans une entreprise dont la poursuite intéresse la pleine intégration de l'homme. Il n'est rien de pythique dans une telle poésie. Rien non plus de purement esthétique. Elle n'est point art d'embaumeur ni de décorateur. Elle n'élève point des perles de culture, ne trafique point de simulacres ni d'emblèmes, et d'aucune fête musicale elle ne saurait se contenter. Elle s'allie, dans ses voies, la beauté, suprême alliance, mais n'en fait point sa fin ni sa seule pâture. Se refusant à dissocier l'art de la vie, ni de l'amour la connaissance, elle est action, elle est passion, elle est puissance, et novation toujours qui déplace les bornes. L'amour est son foyer, l'insoumission sa loi, et son lieu est partout, dans l'anticipation. Elle ne se veut jamais absence ni refus.

Elle n'attend rien pourtant des avantages du siècle. Attachée à son propre destin, et libre de toute idéologie, elle se connaît égale à la vie même, qui n'a d'elle-même à justifier. Et c'est d'une même étreinte, comme une seule grande strophe vivante, qu'elle embrasse au présent tout le passé et l'avenir, l'humain avec le surhumain, et tout l'espace planétaire avec l'espace universel. L'obscurité qu'on lui reproche ne tient pas à sa nature propre, qui est d'éclairer, mais à la nuit même qu'elle explore, et qu'elle se doit d'explorer : celle de l'âme elle-même et du mystère où baigne l'être humain. Son expression toujours s'est interdit l'obscur, et cette expression n'est pas moins exigeante que celle de la science.

Ainsi, par son adhésion totale à ce qui est, le poète tient pour nous liaison avec la permanence et l'unité de l'Être. Et sa leçon est d'optimisme. Une même loi d'harmonie régit pour lui le monde entier des choses. Rien n'y peut advenir qui par nature excède la mesure de l'homme. Les pires bouleversements de l'histoire ne sont que rythmes saisonniers dans un plus vaste cycle d'enchaînements et de renouvellements. Et les

Furies qui traversent la scène, torche haute, n'éclairent qu'un instant du très long thème en cours. Les civilisations mûrissantes ne meurent point des affres d'un automne, elles ne font que muer. L'inertie seule est menaçante. Poète est celui-là qui rompt pour nous l'accoutumance.

Et c'est ainsi que le poète se trouve aussi lié, malgré lui, à l'événement historique. Et rien du drame de son temps ne lui est étranger. Qu'à tous il dise clairement le goût de vivre ce temps fort ! Car l'heure est grande et neuve, où se saisir à neuf. Et à qui donc céderions-nous l'honneur de notre temps ?…

« Ne crains pas », dit l'Histoire, levant un jour son masque de violence — et de sa main levée elle fait ce geste conciliant de la Divinité asiatique au plus fort de sa danse destructrice. « Ne crains pas, ni ne doute — car le doute est stérile et la crainte est servile. Écoute plutôt ce battement rythmique que ma main haute imprime, novatrice, à la grande phrase humaine en voie toujours de création. Il n'est pas vrai que la vie puisse se renier elle-même. Il n'est rien de vivant qui de néant procède, ni de néant s'éprenne. Mais rien non plus ne garde forme ni mesure, sous l'incessant afflux de l'Être. La tragédie n'est pas dans la métamorphose elle-même. Le vrai drame du siècle est dans l'écart qu'on laisse croître entre l'homme temporel et l'homme intemporel. L'homme éclairé sur un versant va-t-il s'obscurcir sur l'autre ? Et sa maturation forcée, dans une communauté sans communion, ne sera-t-elle que fausse maturité ?... »

Au poète indivis d'attester parmi nous la double vocation de l'homme. Et c'est hausser devant l'esprit un miroir plus sensible à ses chances spirituelles. C'est évoquer dans le siècle même une condition humaine plus digne de l'homme originel. C'est associer enfin plus hardiment l'âme collective à la circulation de l'énergie spirituelle dans le monde... Face à l'énergie nucléaire, la lampe d'argile du poète suffira-t-elle à son propos ? — Oui, si d'argile se souvient l'homme.

Et c'est assez, pour le poète, d'être la mauvaise conscience de son temps.

« Voir le Ciel d'Été
Est Poésie, bien qu'il ne soit point dans un Livre —
Les vrais Poèmes fuient — »

Emily DICKINSON

PAUL ÉLUARD

Préface à
Poésie involontaire et poésie intentionnelle

Paul Éluard l'enchanteur, Paul Éluard le fraternel (1895-1952), celui qui disait que « le poème est le plus court chemin d'un homme à un autre », ne fut pas seulement le poète dont la beauté fulgurante des images éclaire à contre-mort le versant amoureux de nos vies, il n'eut de cesse aussi de promouvoir l'idée d'une poésie propre à réenchanter le réel de tous, pour tous, avec tous. Ainsi lisons-nous dans la préface à Poésie involontaire et poésie intentionnelle, *étonnante anthologie où se mêlent et se répondent inventions populaires et créations savantes, un plaidoyer aussi fervent que résolu en faveur d'une poésie assumée par tous, née du commun talent de chacun à l'émerveillement. « Tout homme est frère de Prométhée », dit-il. C'est affirmer avec confiance que tout homme détient le feu du poème et peut en enflammer sa vie.*

Les véritables poètes n'ont jamais cru que la poésie leur appartînt en propre. Sur les lèvres des hommes, la parole n'a jamais tari ; les mots, les chants, les cris se succèdent sans fin, se croisent, se heurtent, se confondent. L'impulsion de la fonction-langage a été portée jusqu'à l'exagération, jusqu'à l'exubérance, jusqu'à l'incohérence. Les mots disent le monde et les mots disent l'homme, ce que l'homme voit et ressent, ce qui existe, ce qui a existé, ce qui existera, l'antiquité du temps, le passé, le futur de l'âge et du moment, la volonté, l'involontaire, la crainte et le désir de ce qui n'existe pas, de ce qui va exister. Les mots détruisent, les mots prédisent ; enchaînés ou sans suite, rien ne sert de les nier. Ils participent tous à l'élaboration de la Vérité. Les objets, les faits, les idées qu'ils décrivent peuvent s'éteindre faute de vigueur, on est sûr qu'ils seront aussitôt remplacés par d'autres qu'ils auront accidentellement suscités et qui, eux, accompliront leur entière évolution.

Les hommes ont dévoré un dictionnaire et ce qu'ils nomment existe. L'innombrable, la fin de tout ne commence qu'aux frontières de la mort impensable. Peu importe celui qui parle et peu importe même ce qu'il dit. Le langage est commun à tous les hommes et ce ne sont pas les différences de langues, si nuisibles qu'elles nous apparaissent, qui risquent de compromettre gravement l'unité humaine, mais bien plutôt cet interdit toujours formulé, au nom de la raison pratique, contre la liberté absolue de la parole.

Passent pour fous ceux qui enseignent qu'il y a mille façons de voir un objet, de le décrire, mille façons de dire son amour et sa joie et sa peine, mille façons de s'entendre sans briser un rameau de l'arbre de la vie. Inutiles, fous, maudits ceux qui décèlent, reproduisent, interprètent l'humble voix qui se plaint ou qui chante dans la foule, sans savoir qu'elle est sublime. Hélas non, la poésie personnelle n'a pas encore fait son temps. Mais, au moins, nous avons bien compris que rien n'a pu rompre le mince fil de la poésie impersonnelle. Nous avons, sans douter un instant de cette vérité qui triomphera, compris que tant de choses peuvent être « tout un poème ». Cette expression ironique, péjorative, des poètes de bonne foi lui ont rendu son sens littéral. Ils ont utilisé des éléments involontaires, objectifs, tout ce qui gît sous l'apparente imperméabilité de la vie courante et dans les plus innocentes productions de l'homme. « Tout un poème », ce n'est plus seulement un objet biscornu ou l'excentricité d'une élégante à bout de souffle, mais ce qu'il est donné au poète de simuler, de reproduire, d'inventer, s'il croit que du monde qui lui est imposé naîtra l'univers qu'il rêve. Rien de rare, rien de divin dans son travail banal. Le poète, à l'affût des obscures nouvelles du monde, nous rendra les délices du langage le plus pur, celui de l'homme de la rue et du sage, de la femme, de l'enfant et du fou. Si l'on voulait, il n'y aurait que des merveilles. Écoutons-les sans réfléchir et répondons, nous serons entendus. Sinon, nous ne sommes que des miroirs brisés et, désireux de rectifier les apparences, nous poétisons, nous nous retirons la vue première, élémentaire, des choses, dans cet espace et ce temps qui sont nôtres.

Si nous voulions, rien ne nous serait impossible. Le plus dénué d'entre nous a le pouvoir, tout comme le plus riche, de nous remettre, de ses mains appliquées et de ses yeux confiants, un trésor inestimable, ses rêves et sa réalité que raison, bon sens, méchanceté ne parviennent pas à détruire. La poésie involontaire, si banale, si imparfaite, si grossière soit-elle, est faite des rapports entre la vie et le monde, entre le rêve et l'amour, entre l'amour et la nécessité. Elle engendre notre émotion, elle rend à notre sang la légèreté du feu. Tout homme est frère de Prométhée. Nous n'avons pas une intelligence particulière, nous sommes des êtres moraux et nous nous situons dans la foule.

LOUIS ARAGON

« J'appelle poésie cet envers du temps »

Œuvres poétiques complètes II

Géant de la littérature du XXe siècle, poète du « chant majeur », Louis Aragon (1897-1982) n'a jamais rien cédé, dans son œuvre profuse et multiple pas plus que dans sa vie qui embrasse à corps perdu l'histoire de son temps, du feu initial de sa jeunesse surréaliste. La poésie, comme l'amour, lui fut ce « philtre d'absolu » qui promet à l'homme son vertige et sa seule joie fragile dans le champ de douleurs de l'existence. Aragon a beaucoup écrit sur la poésie, essais, préfaces et commentaires, mais c'est sans doute dans les quelques lignes qui suivent écrites au seuil de la vieillesse que l'on peut entendre comme un cri déchiré et déchirant l'aveu de ce qui aimanta sa vie, cette insensée passion d'étreindre le réel à plein cœur et à pleins bras jusqu'à s'y perdre. Amoureuse ardeur dont la poésie donc est le nom.

Nul ne comprendra jamais ce que ce fut et que cela pour moi portait ce nom magique et fou de *poésie.* Encore maintenant, dans la neige de mes cheveux… pourquoi en parler, jeunes gens, qui ne me croirez pas plus qu'alors les gens raisonnables…

J'appelle *poésie* cet envers du temps, ces ténèbres aux yeux grands ouverts, ce domaine passionnel où je me perds, ce soleil nocturne, ce chant maudit aussi bien qui se meurt dans ma gorge où sonnent à la volée les cloches de provocation… j'appelle *poésie* cette dénégation du jour, où les mots disent aussi bien le contraire de ce qu'ils disent que la proclamation de l'interdit, l'aventure du sens ou du non-sens, ô paroles d'égarement qui êtes *l'autre jour*, la lumière noire des siècles, les yeux aveuglés d'en avoir tant vu, les oreilles percées à force d'entendre, les bras brisés d'avoir étreint de fureur ou d'amour le fuyant univers des songes, les fantômes du hasard dans leurs linceuls déchirés, l'imaginaire beauté pareille à l'eau pure des sources perdues…

J'appelle *poésie* la peur qui prend ton corps tout entier à l'aube frémissante du jouir… Par exemple.
l'amour l'amour l'amour l'amour l'amour

JOË BOUSQUET

Lettres à Poisson d'Or

Que la poésie puisse être l'argument souverain d'une existence, le destin de Joë Bousquet en donne une preuve irréfutable. Il a vingt et un ans quand, le 27 mai 1918, il reçoit sur le champ de bataille une balle allemande qui le laissera paraplégique pour le restant de ses jours. Jusqu'à sa mort en 1950, il œuvrera dans sa chambre aux volets clos de Carcassonne à réinventer sa vie, à la sublimer même, par la poésie. Rien, pas même d'inévitables crises de désespoir, ne semble entamer une disposition innée au bonheur, à la beauté et à l'amour dont la souffrance est le prix autant peut-être que la garantie d'authenticité. On verra, dans cette Lettre à Poisson d'Or, *une de ses nombreuses relations amoureuses, que comme pour son ami Paul Éluard l'amour et la poésie sont les deux faces d'un même engagement absolu à se tenir par l'autre au plus haut de soi-même et les moyens de la plus juste relation au monde.*

L'Évêché, Villalier.
16 août 1937.

La vie, ma Germaine aimée, a des ressources inépuisables pour ceux qui sont faits avec de la vie, ce qui se reconnaît soit à leur beauté, soit qu'on les dise intelligents, aptes en somme à créer. La vie renaît sans cesse. Et même celui qui est tué ne perd qu'une apparence. J'ai bien dû être tué, vous le savez, le 27 mai 1918. Mais la mort m'a trouvé trop lourd à emporter.

J'ai encore, vingt ans après, les yeux pleins d'une vision qui m'a révélé ce que c'était que croire à la vie. Une heure avant de tomber j'étais engagé avec soixante hommes sur un plateau balayé de balles et d'obus et cerné par des milliers d'allemands qui voulaient passer. Je savais bien qu'ils passeraient car on n'arrête pas un torrent. Mais, j'avais l'ordre de tenir, de les retarder le plus possible pour sauver le bataillon qui se repliait. Le sacrifice était fait. Il me semblait facile.

Eh bien ! à ce moment-là, sur ce plateau où la mort jaillissait de partout, un maréchal des logis de hussards est arrivé à cheval — comme dans une peinture de Detaille. Je croyais rêver. Sanglé dans son uniforme, parfaitement droit sur sa selle, tenant à pleines mains les rênes de son cheval affolé, il traversait les gerbes de balles comme à la manœuvre, Je n'oublierai jamais son visage brun de beau garçon. Très correctement, il m'a salué et m'a dit : « Je suis un maréchal des logis de l'escorte du général. Je viens me mettre à vos ordres avec quelques hussards qui sont dans le bois. » Il était invraisemblable que cet homme soit encore vivant. Sous les balles en me parlant, il ne bougeait pas plus qu'une statue. J'étais plein d'admiration. Je lui ai donné l'ordre d'aller attendre mes instructions derrière une meule de paille et j'ai évité de l'engager dans la bagarre où j'ai laissé une vie quelconque pour en retrouver une plus belle. Je n'ai jamais oublié cet homme splendide, ni l'acte de foi que représentait sa conduite sous le feu. Je me demande parfois si ce n'est pas son souvenir qui m'a toujours soutenu.

La vie qui nous est faite a commencé dans notre cœur. Que ce soit le courage de l'abandonner ou l'ardeur à l'approfondir, tous les gestes qui témoignent de sa force peuvent être « aussi » interprétés comme témoignant d'une disposition immense au bonheur. Car ce qu'on nomme le bonheur est, au fond, autre chose. Il est la profondeur d'une aptitude à vivre qui porte sa récompense avec elle ; une disposition innée, une tendance dont nous ne saisissons jamais qu'un aspect accessoire dans les limites de ce qui vient nous griser : beauté de l'être qui est un sourire de la vie — transparence de la pensée et du désir à la rumeur du monde.

Si cette dernière phrase constitue accessoirement une définition de la poésie, elle peint mieux encore la volonté d'un cœur de former à lui seul l'unité de l'être aimé avec le monde où il existe. Vous le comprenez, ma chérie ! vous êtes la forme réelle de ce rêve que j'ai toujours caressé, et vous ne serez vous qu'en formant l'élément essentiel de cette irréalité qui a le tableau du monde pour contenu. On disait de moi, dans les cercles artistiques, que la poésie m'avait sauvé du désespoir. Mais, soudain, vous avez été ma poésie et vous êtes venue vers moi pour que je ne reste pas enfermé dans les limites d'un art. J'ai été poète pour accéder à vous qui m'avez voulu homme.

Vous allez bannir vos inquiétudes. En proie à une vérité plus forte que la mort, et les larmes aux yeux à force de percevoir un sens à la vie, j'ai senti que ces larmes seraient lumière en vous touchant. La poésie est plus profonde que la vie, elle a notre être dans le cœur, elle reconnaît sa plus haute expression dans l'existence de celle que l'on aime, et, comprise par celle-ci, se fait, nécessairement, amour de son être.

CHARLOTTE DELBO

« Prière aux vivants pour leur pardonner d'être vivants »

Une connaissance inutile

Que la poésie soit la plus haute et la plus irréductible affirmation de la vie contre tout ce qui la dément, quelle meilleure preuve en donner que l'ultime recours qu'elle fut souvent au cœur du pire pour les victimes des camps de concentration nazis ? Nombreux en sont les témoignages comme ceux de Jorge Semprún ou de Primo Levi qui raconte dans Si c'est un homme *comment il fait entendre à un ami, dans Auschwitz même, le chant de Dante. Rien d'étonnant donc à ce que Charlotte Delbo (1913-1985), qui fut l'assistante de Louis Jouvet, résistante déportée à Auschwitz à l'âge de trente ans, dans les six livres qu'elle a consacrés à son expérience dans les camps, use du poème comme contrepoint au récit de l'inhumain. Qui était plus autorisé qu'elle à lancer l'appel brûlant à la vie qu'on va lire ? Un poème qui nous regarde droit dans les yeux et nous rappelle justement à notre devoir de vivre.*

Prière aux vivants pour leur pardonner d'être vivants

Vous qui passez
bien habillés de tous vos muscles
un vêtement qui vous va bien
qui vous va mal
qui vous va à peu près
vous qui passez
animés d'une vie tumultueuse aux artères
et bien collée au squelette
d'un pas alerte sportif lourdaud
rieurs renfrognés, vous êtes beaux
si quelconques
si quelconquement tout le monde
tellement beaux d'être quelconques
diversement
avec cette vie qui vous empêche
de sentir votre buste qui suit la jambe
votre main au chapeau
votre main sur le cœur
la rotule qui roule doucement au genou
comment vous pardonner d'être vivants…
Vous qui passez
bien habillés de tous vos muscles
comment vous pardonner
ils sont morts tous
Vous passez et vous buvez aux terrasses

vous êtes heureux elle vous aime
mauvaise humeur souci d'argent
comment comment
vous pardonner d'être vivants
comment comment
vous ferez-vous pardonner
par ceux-là qui sont morts
pour que vous passiez
bien habillés de tous vos muscles
que vous buviez aux terrasses
que vous soyez plus jeunes chaque printemps
Je vous en supplie
faites quelque chose
apprenez un pas
une danse
quelque chose qui vous justifie
qui vous donne le droit
d'être habillés de votre peau de votre poil
apprenez à marcher et à rire
parce que ce serait trop bête
à la fin
que tant soient morts
et que vous viviez
sans rien faire de votre vie.

ANDRÉE CHEDID

« La poésie, le poème »

Terre et poésie

Je ne sais voix poétique plus généreuse, plus fraternelle, que celle d'Andrée Chedid (1920-2011). C'est que pour elle la foi en la poésie et la foi en la vie ne font qu'un, et elles n'ont de sens que dans la perpétuelle ouverture à l'autre. Mais il ne faut pas se méprendre : cela ne va pas sans une absolue exigence éthique et une lucidité sans compromis qui n'ignore rien des démentis de la vie ni de la fragilité humaine. Aliment et argument d'une vie plus consciente d'elle-même, de ses prestiges et de ses failles, le poème pour Chedid est à l'opposé du jeu verbal et de la recherche d'esthète, il est le diapason, ajusté au battement du cœur, d'une existence libre et désirante. Si toute son œuvre manifeste cette confiance conquise sur l'ombre, on trouve la quintessence de cette pensée qui espère dans de nombreux aphorismes dont voici un ensemble.

1

Vivre en poésie, ce n'est pas renoncer ; c'est se garder à la lisière de l'apparent et du réel, sachant qu'on ne pourra jamais réconcilier, ni circonscrire.

2

L'instant de poésie : fragile, à cause de nous qui ne savons pas séjourner ; pas à cause d'elle, poésie, qui est égale inlassablement.

3

La poésie, comme l'amour, charge de tout son contenu, force à tous ses espaces le visage, le geste, le mot. Sans elle, à l'instant d'être, ils seraient déjà morts — ou cernés à jamais en leur étroite forme, ce qui est mourir d'une autre façon.

4

Le roman prend corps pour ensuite se vêtir. Prenant âme, la poésie demeure nue.

5

Cette tentation : se laisser emporter par le vertige des sources — mystère dont nous prenons notre parti parfois si légèrement.

Saison de passage… Puis, l'humain réclame de son cri chaleureux. Se réserver pourtant l'échappée.

6

Le poème apparaît souvent comme un éboulis de mots, dépourvus de sens pour l'œil non exercé.

Au fond de cette lave, trouvera-t-on le feu qui survit ? Ce risque, il faut le prendre.

7

La poésie n'est pas évanescence, mais présence.

8

L'heure aride : des clefs sur la table et pas de porte à ouvrir.

9

Le poème est parfois un don. Il vous parvient phrasé, prêt à être transcrit. Plus tard, le doute — hôte cruel qu'il faut pourtant inviter.

10

La poésie suggère. En cela, elle est plus proche qu'on ne pense de la vie, qui est toujours en deçà de l'instant qui frappe.

11

Éviter le pathétique. L'indiquer comme on pousserait un caillou sur le chemin.

L'inexprimé est prodigue et sans vulgarité.

12

Le don du poème est à la fois insolite et familier. On aborde des terres inconnues dont on pressentait l'air et le sel.

13

Le mot fascine le poète seul capable de le mener à sa propre profondeur.

Là, s'affranchissant, le mot découvre son plein été.

14

Le poème demeurera libre. Nous n'enfermerons jamais son destin dans le nôtre.

15

Nous ne donnons rien au poème qu'il ne nous rende au centuple. Nous croyons le faire ; c'est lui qui, secrètement, nous fait.

16

Quand on a pris goût à l'espace sans dimension de la poésie, on n'accepte que par à-coups — parfois aussi par égard pour les autres — le quotidien et les ruelles exactes.

17

Le poète ne peut prêter son sourire aux contrefaçons ; il est plus proche de la cendre que de l'encens.

18

Les habiles, les jongleurs de mots sont plus éloignés de la poésie que cet homme qui — sans parole aucune — se défait de sa journée, le regard levé vers un arbre, ou le cœur attentif à la voix d'un ami.

19

L'appel du poème est rarement contraignant. Le plus souvent discret, ne dirait-on pas que son premier désir est qu'on veuille bien, tout d'abord, *écouter*.

20

Reléguant la poésie au rang des idées, certains la réduisent à un corps famélique. Pourtant, la poésie ferait plutôt songer à une terre meuble, parcourue d'une eau vivace. Cohérente, naturelle, ouverte aux naissances, elle bonifie la mort.

21

Du roman au poème, la démarche est autre. Là, on suit ses propres pas ; ici, on les devance.

22

Lorsqu'on a pressenti, rien qu'une fois, l'immensité de notre aventure humaine, on peut se demander ensuite quelle force nous retient dans l'étroit. Quelle force est là, qui fait que nous poursuivons quand même la route sans fomenter des bouleversements et sans abattre les murs ?

La poésie — si elle s'inscrit en nous —, tout en admettant de nous regarder cheminer, nous délivre.

Parfois, se mirant dans l'un de nos destins, elle nous découvre son envers terrestre qui est l'amour. Alors, malgré les tiraillements, nous

nous sentons sauvés ; et en réalité nous le sommes, sauvés, ici et ailleurs.

23

Si la poésie n'a pas bouleversé notre vie, c'est qu'elle ne nous est rien. Apaisante ou traumatisante, elle doit marquer de son signe ; autrement, nous n'en avons connu que l'imposture.

24

Par souci des modes, l'art dilapide souvent l'intemporel, notre commune mesure : fleur secrète du jardin d'à côté.

25

Le poète, c'est le poursuivant ou l'infatigable voyageur. Offrez-lui une halte, il sait bien qu'il n'en a que pour un court répit et que, de nouveau, son souffle le mènera plus loin que son désir.

Seul peut tenir lieu de compagnon celui qui révère les silences, celui qui sait que demain est toujours plus avant et qu'il n'y a pas d'arrivée.

26

Tant que nous n'aurons pas résolu le problème des origines — et il semble que la clef translucide ne sera jamais à notre anneau —, la poésie gardera sa raison d'être.

De la certitude de ne jamais savoir tout à fait, elle seule et l'amour nous consolent.

27

Ce qui nous dépasse, et dont nous portons le grain aussi certainement que nous portons notre corps, cela s'appelle : Poésie.

28

Le poème se nourrit de mouvements ; mouvements de cet être intérieur que certains appelleraient « âme ». Son rythme est celui de la vague, son dessein est de *traverser*.

29

Le poète fait songer à ces feuilles qui, avant de se détacher du grand arbre, lui abandonnent ce qu'elles possèdent de plus vif.

Leur chute, alors, se fait légère ; et la mort ne recueille que cette forme qui les limitait.

« Une journée sans un mot —
j’ai montré
l’ombre d’un papillon »

Ozaki Hôsai

JACK KEROUAC

« Croyance et technique pour la prose moderne »

La grande traversée de l'Ouest en bus et autres textes beat

(Traduction de l'anglais, États-Unis, par Pierre Guglielmina)

Il se nommait lui-même jazz poet *: Jack Kerouac (1922-1969) a joué sa brève existence comme un riff brûlant, entre deux aspirations paradoxales, celle du rimbaldien dérèglement de tous les sens et celle d'une spiritualité zen qui élève. Se jetant à corps perdu dans une vie ardente libérée de toutes les tricheries sociales, c'est toujours l'inconnu qui aimante cet avaleur de grands espaces comme aussi un sens sacré de la vie. De cette quête voici les principes qu'il a lui-même formulés, préceptes d'une joyeuse insolence pour vivre poétiquement sa vie, jusqu'au vertige.*

Liste des principes :

1. Remplis des carnets secrets et tape à la machine des pages frénétiques, pour ta seule joie
2. Soumis à tout, ouvert, à l'écoute
3. Essaie de ne pas être ivre hors de ta maison
4. Sois amoureux de ta vie

5. Quelque chose que tu sens finira par trouver sa forme propre
6. Sois un foutu simple d'esprit saint de l'esprit
7. Souffle aussi profond que tu veux souffler
8. Écris ce que tu veux depuis le fond sans fond de l'esprit
9. Les visions imprononçables de l'individu
10. Pas de temps pour la poésie mais pour ce qui est exactement
11. Tics visionnaires frissonnant dans la poitrine
12. Dans la fixité de la transe à rêver de l'objet devant toi
13. Débarrasse-toi de toute inhibition littéraire, grammaticale et syntaxique
14. Sois comme Proust un vieux défoncé au temps
15. Raconter l'histoire véritable du monde dans un monologue intérieur
16. Le joyau cœur de l'intérêt est l'œil à l'intérieur de l'œil
17. Écris en souvenir et stupéfaction de toi-même
18. Pars de la concision du milieu de l'œil en nageant dans la mer du langage
19. Accepte la perte pour toujours
20. Crois au contour sacré de la vie
21. Efforce-toi d'esquisser le flux qui est déjà dans l'esprit, intact
22. Ne pense pas à des mots quand tu t'arrêtes mais à mieux voir l'image

23. Garde la trace de chaque jour armorié dans le matin qui t'appartient
24. Pas de crainte ou de honte quant à la dignité de ton expérience, de ton langage et de ta connaissance
25. Écris pour que le monde lise et voie les images précises que tu en donnes
26. Le livre-film est le film en mots, la forme visuelle américaine
27. Louange du Caractère dans la Sinistre Solitude inhumaine
28. Composition dingue, sans discipline, pure, remontant du dessous, plus c'est fou mieux c'est
29. Tu es un Génie tout le temps
30. Écrivain-Metteur en scène des Films Terrestres Financés et Angélisés au Ciel

YVES BONNEFOY

Le Lieu d'herbes, le lac au loin

Yves Bonnefoy (1923-2016), dont la puissance et l'étendue de l'œuvre poétique et critique le mettent au rang des phares de la poésie de son siècle, n'a eu de cesse de signifier en termes émouvants la capacité inégalable du poème à nous restituer l'intensité et la vérité perdues de nos vies. Pourquoi la poésie peut-elle nous émouvoir jusqu'à la racine de notre être et lui redonner ainsi présence ? C'est que, au rebours du discours conceptuel omniprésent qui enferme la réalité des êtres et des choses dans un langage et des représentations abstraites, aujourd'hui plus que jamais, elle nous fait rejoindre le vrai lieu de l'existence, cette pure et nue présence au monde et à nous-mêmes qui est source d'une joie première. Un renouement donc avec la vie.

Qu'est-ce que ce que tout à l'heure j'ai appelé, pour faire court, le « lieu d'herbes », cette perception, à des instants, de quelque chose qui semble réellement exister, ou l'avoir fait, et a ainsi l'évidente unicité propre aux existences : cet « être ensemble » de leurs parties, aussi nombreuses soient-elles, qui ne peut se confondre avec l'unité de simple structure caractéristique des représentations nées de seulement l'intellect ? Le lieu d'herbes, je puis maintenant me dire que ce n'est rien d'autre en moi que le souvenir d'un de ces moments de l'enfance où une chose ou une situation se firent des épiphanies, unité en passe de se retirer sous le revêtement conceptuel et se disant alors, se montrant. Peut-être que ces deux murs, ce bout de prairie entre eux, ces pierres au loin sous le ciel, m'avaient retenu, un jour d'autrefois, pour quelque raison en plus que leur pure et simple évidence, par exemple une parole alors dite, une personne présente là : émotions aujourd'hui oubliées mais qui peuvent leur faire place dans d'autres schèmes d'explication, par exemple ceux que la psychanalyse explore. Il se peut, autrement dit, que cette vision du « lieu d'herbes » ait été ainsi préparée par le psychisme ordinaire à s'inscrire plus aisément que d'autres événements fugitifs ou non dans le devenir de ma vie. Reste que ce qui a été vécu alors, et a été préservé, c'est cette expérience de présence dont j'ai dit qu'elle se produit à l'époque où le conceptuel va prédominer dans l'esprit : présence jusqu'alors non pensée, non ressentie comme telle, mais soudain pleinement perçue à des instants qui se fixent dans la mémoire.

Le « lieu d'herbes » est la préservation, à l'époque du conceptuel, du regard auquel celui-ci a mis fin dans la pratique du monde. Il est donc une part de cette mémoire de la présence qui est la cause en nous de la sensibilité poétique, du projet de la poésie. Et s'il revient, s'il insiste dans la conscience, c'est peut-être aussi, j'en fais d'abord l'hypothèse, parce que ce projet a besoin, pour se maintenir, de se signifier à soi-même, et doit donc s'attacher à des souvenirs de cette sorte fondamentale, qui font de leur récurrence un étai pour sa propre survie au sein d'un discours attaché pour sa part à réifier toutes choses. Ces murs, ces pierres, ces hautes herbes, c'est l'inscription que le poétique fait de son intuition propre, et de sa nécessité, dans l'espace de la pensée conceptuelle. Et comme ces choses jadis pleinement vues sont en risque, dès ce moment, de se subordonner à cette pensée, c'est-à-dire de n'être plus qu'une image, occultation de la profondeur d'être qu'elles ont la charge de dire, il va falloir que celui qui les a vécues y replonge, si je puis dire, sans cesse, aille sans fin puiser dans leur évidence le souvenir qu'il y a sur terre de l'unité, cette racine de l'être au monde.

Ce qui est bien ce que j'ai tenté, quant à moi, de faire, dans la limite de mes moyens. Souvent dans mon écriture, dans ma vie, je suis revenu à des herbes ensauvagées, de vieux murs, des pierres. Revenu à des ciels comme j'en vois au-dessus de tel lieu qui me rappelle son absolu. Et je pourrais même évoquer d'autres souvenirs de même sorte, semblablement au travail dans ce que je tente d'écrire. Je vois un cours d'eau, sous le ciel. Cette eau est rapide, en son vert sombre elle semble trouble. Est-ce une étroite rivière, est-ce un grand fleuve, je ne puis savoir, et je cherche : non pour préciser de l'anecdotique, découvrir où j'étais alors, mais pour vivre plus pleinement que je ne le puis aujourd'hui ce que ce flux faisait naître en moi d'attention inquiète à des reflets et des ombres, à du noir dans la plus vive lumière.

GEORGES PERROS

Papiers collés II

Il avait tout pour, comme on dit, « réussir », Georges Poulot alias Georges Perros quand en 1959 à trente-six ans il quitte Paris pour Douarnenez : pianiste doué, jeune comédien pensionnaire de la Comédie-Française puis lecteur auprès de Jean Vilar, ami de Gérard Philipe, rédacteur à la NRF à l'invitation de Jean Paulhan… Pourquoi part-il ? Pour fuir les mondanités, l'entre-soi littéraire, pour ne pas tricher et vivre au plus juste un engagement dans l'écriture sans compromis, au plus près du réel rugueux et de la vie nue, délestée de ses leurres. Il écrira poèmes, notes, réflexions sous la forme de papiers collés. *Poète absolu, Perros, dans ses refus, ses choix, sa lucidité sévère qui cachent une humanité profonde et une tendresse désespérée pour les siens, pour les humbles, pour la vie. Voici, pour mesurer la portée de ce destin, un aperçu de cette écriture où il s'agit toujours d'ajuster la poésie à la vie.*

Le poète n'a aucune mémoire. Mais en est une.

Or rien n'est plus subjectif que la poésie. Rien n'est plus osé, risqué, dans le subjectif. À se demander si les autres « comprendront » ce qu'on a voulu dire, ce qu'a dit le poète, en se mettant à la place de tous les autres, mais de manière telle que ces autres nieront la présence ambiguë du poète, au profit de la leur, sans avenir. Les souvenirs viennent de là. Tout le monde a des souvenirs. Très peu de gens du temps perdu, à retrouver. Le temps n'est jamais perdu pour ceux qui vivent comme s'ils n'allaient jamais mourir. Le drame du poète, c'est l'urgence, c'est la révolte, et c'est l'impuissance. La poésie fait des brasiers vivants. La vie acceptée, des vivants à petit feu.

La poésie, c'est comme si un chien se trouvait soudain envahi par la parole, et se précipitait vers ceux qui savent parler pour leur faire traduire ce qu'il s'étonne d'entendre confusément. Ce chien — ou tout autre muet ! — existe en tout homme. Il ne lui manque que la parole que nous lui refusons. Ou que nous ne savons pas traduire.

Je tiens que nous autres hommes sommes des poètes, que nous l'avons oublié, que nous nous sommes tous pris au pire sérieux.

Je ne pense pas qu'il faille vivre très longtemps pour s'apercevoir qu'il n'y a d'issue à notre condition que poétique. Si l'homme n'est pas fait pour respirer au rythme de ses besoins invisibles, c'est misère et nous tous inéluctablement malheureux et ridicules.

La poésie n'est pas une recherche. Elle est comme le sang, reliée à elle-même, bonne conductrice d'une *vie* ignorante de son mouvement, de son efficacité. Ainsi notre sang nous est-il caché, et tout l'appareil compliqué qui en résulte. Nous sommes le sac de ce réseau. La poésie, elle, est à l'air. Nul sac. Sa circulation est d'ordre totalement ouvert. Elle est à tout le monde. À personne. Vouloir l'intellectualiser, sous prétexte qu'elle peut rendre service, mettre plus ou moins en valeur, redonner sel et poivre aux structures fatiguées, c'est se faire beaucoup d'honneur, et se ménager pas mal de déceptions. Elle n'est pas facilement naturalisable, et rien ne lui va comme la pauvreté. Vouloir la vêtir somptueusement, ou l'ordonner avec astuce, ne saurait l'ébaubir. Elle peut se donner pour ce qu'elle n'est pas, mais tant pis pour le dupé volontaire. Un vers de quatre sous peut l'avoir dans la peau. Une minutieuse construction érigée en son attente restée inhabitée. Elle se donne pour rien, mais ce rien coûte cher. Parfois la vie.

Toute œuvre de haute race voile l'évidence d'un *poème.*

De certains livres, on peut dire qu'ils ont du ciel (à peu près comme on dit d'une femme qu'elle a du chien).

Mais comment ouvrir les yeux des gens qui ne les ferment jamais, sinon pour dormir ?

La poésie n'est pas obscure parce qu'on ne la comprend pas mais parce qu'on n'en finit pas de la comprendre.

Quand la poésie dit tout, pourquoi jurer qu'elle danse ? Qu'elle est débarrassée de tout le vulgaire, de tout l'humain alentour ? Ne serait-ce pas plutôt le contraire ? Ne devrait-elle pas plutôt entrer partout, sauver tout, de la cave au grenier, sans esprit de hiérarchie ? Pourquoi la vouloir au-dessus de la mêlée, lui faire tourner le dos à ce qu'on appelle la vie, cette vie qu'elle est plus apte que nous à connaître ?

La poésie n'est pas exacte. Elle est juste.

« Énigme, ce qui naît d'un jaillissement pur ! Et par
Le chant lui-même à peine dévoilée. »

Friedrich HÖLDERLIN

PHILIPPE JACCOTTET

« À la source, une incertitude… (Remerciement pour le prix Montaigne) »

Une transaction secrète. Lectures de poésie

S'il s'agit pour le poète d'insuffler de l'infini dans la vie pour la libérer de ce qui incessamment la limite et la met sous le joug de représentations étroites et d'intérêts mesquins, il semble que deux voies s'offrent à lui. La première est dans la rébellion, l'excès, la subversion des normes et des formes, l'insolente effraction ou l'échappée belle. L'autre est celle que propose admirablement Philippe Jaccottet (1925-2021) : trouver l'infini ici même, au plus proche, dans l'infime et l'apparent banal. C'est celle notamment, comme il le dit lui-même dans les pages qu'on va lire, des poètes du haïku, qui suppose dans l'effacement de soi une attention si précise et généreuse au réel devant soi qu'elle fait l'expérience vivifiante *de l'accès à l'ouvert, air et lumière retrouvés. À l'insoupçonnable et mystérieuse beauté qui seule peut-être justifie l'existence.*

[…] l'œuvre à faire, la seule qui puisse intéresser l'écrivain, commence chaque fois à partir d'une incertitude profonde, d'une sorte d'état obscur, confus, d'un manque, presque d'un égarement.

Aussi n'est-il pas surprenant que ce qu'on appelle la vocation poétique commence, ait sa source, bien souvent, au moment le plus trouble, le plus chargé d'espérance mais aussi de crainte, de la vie ; c'est-à-dire à l'adolescence, à cette sorte de seconde naissance où l'être doit se risquer hors de l'enfance, et où ce qu'il découvre, ou plutôt devine, entrevoit, pressent, en lui et hors de lui, tour à tour l'exalte et l'alarme, le précipite dans d'aveugles élans ou le rejette en lui-même dans de vagues ruminations. Il n'est pas du tout nécessaire que la vie visible d'un adolescent soit aventureuse pour qu'il connaisse alors des tempêtes. Longtemps, il a vécu plus ou moins à l'abri, plus ou moins en aveugle ; il entrouvre les yeux, trébuche, parfois il tombe : le monde qui lui apparaît brusquement a l'étrangeté des rêves, des versants lumineux, des pans d'ombre, de soudains renversements du jour à la nuit.

Comment se fait-il, par exemple, lui arrivera-t-il de se demander, qu'un simple regard, un jour, dans quelque couloir ou au détour d'une rue, vous atteigne comme un trait lancé d'un autre monde, et vous laisse blessé pour longtemps de sa pointe ?

Comment se peut-il, pensera-t-il encore, que ces mêmes visages, dont la beauté n'est jamais tout à fait explicable, soient quelquefois cravachés, piétinés, avilis, ou, si l'homme ne s'en charge pas lui-même, lentement maltraités par l'outil inévitable du temps ?

Ainsi se produisent de loin en loin, même dans l'existence la plus privilégiée ou la mieux protégée, des espèces de trouées, de déchirures (comme dans la toile d'une tente battue par le vent), qui font que les limites de cette existence, de ce monde, sont brisées : par un excès de douceur quelquefois, plus souvent par un excès d'horreur, toujours par un excès. Le monde est-il trop atroce, trop beau ? Ce qui apparaît alors, en tout cas, comme une évidence, c'est qu'aucune mesure, à cet égard, ne peut le mesurer. La science peut bien multiplier ses efforts, perfectionner à l'infini ses appareils : il y a un ordre d'expériences qui échappera toujours aux mesures dont elle dispose. C'est à cet ordre d'expériences que le poème se rattache.

Or, ce qui est tout à fait mystérieux, au moins singulier, c'est qu'il faille justement cet ébranlement profond de l'être, cette rencontre de la démesure, pour nous ouvrir soudain à la mesure particulière de la poésie, ou des autres arts. La mesure de l'art nous est révélée en même temps que l'essentiel de toute vie nous apparaît sans mesure ; et quelque chose nous suggère, plus ou moins confusément, plus ou moins fortement, que la mesure de l'art répond, correspond d'une certaine manière au sans-mesure de la vie.

Comment s'expliquer autrement la passion dont l'adolescent s'éprend pour certains textes, quand il ne se risque pas lui-même à commencer d'en produire ? Loin de penser que la poésie soit, comme on voudrait le lui faire croire, un masque, un trop beau masque sur le visage insoutenable du réel, il a le sentiment qu'à sa manière, elle doit dire vrai, ou en tout cas, mentir moins que les dogmes, les doctrines. Et il en vient, beaucoup plus tard peut-être, à penser ceci : qu'a réussi à se glisser dans le texte du poème quelque chose de l'inconnu où il se sent jeté et peut-être égaré, quelque chose de la démesure qui rend sa condition si étrange, si énigmatique. De sorte que l'étrangeté même du fait de vivre, qui n'est pas mince, et l'étrangeté du poème, seraient inséparables.

Il pourra, dès lors, chercher à réduire cette étrangeté ; lire les hommes de science, les penseurs religieux, les philosophes ; s'aventurer dans leurs labyrinthes.

Je peux même imaginer qu'il les ait un jour tous lus et, ce qui serait plus surprenant, tous compris. Et imaginer ensuite, de façon plus vraisemblable, que son étonnement initial, son incertitude s'en trouvent seulement aggravés, peut-être jusqu'au désespoir. Alors qu'un bref poème, ou même un fragment de poème (par exemple : « ... *denn, von wegen geringer Dinge, / Verstimmt wie vom Schnee war / Die Glocke, womit man läutet zum Abendessen...* »[1], c'est-à-dire un fragment perdu au milieu de variantes d'un poème jamais achevé), aura pu au contraire garder à ses yeux, alors même qu'il ne lui explique rien, qu'il ne lui fournit aucune clef, le pouvoir, obscur mais indéniable, de le maintenir en vie : disons, comme une sorte de modèle qu'il lui faudrait non pas tant comprendre ou même imiter, que revivre.

Voilà, en quelques mots, comment il se fait que la poésie et la vie m'ont toujours paru étroitement liées, à leur racine (certains verront là, j'en ai peur, une position tout à fait anachronique) ; et comment il se fait que la beauté, ce qu'on a longtemps jugé tel en sachant bien pourquoi, je n'aie jamais pu voir en elle un simple ornement, un luxe ou, pis, un mensonge. Il me semblait que, aperçue dans la vie ou retrouvée, différente, dans les œuvres, elle désignait une voie à suivre. Quelques assauts qu'elle subisse

1. « ... *Car pour peu de chose / était désaccordée, comme par la neige, / la cloche dont on sonne pour le repas du soir...* »

tous les jours, je n'ai pas encore consenti à la renier, ni à la bafouer. [...]

Eh bien ! voici ce qu'il m'est arrivé à ce propos de penser, ou d'éprouver plutôt : que c'était peut-être une erreur de vouloir situer à tout prix la poésie, et du même coup, la vraie vie, *hors des limites,* dans le délire, l'excès, la révolte et la rupture à tout prix ; et que, si l'on renonçait à cette vue, l'accord entre poésie et politique, par exemple, serait, peut-être, moins inconcevable qu'il n'apparaît chez Leiris. (Je sais bien que l'on peut aussi ne pas imaginer de politique juste en dehors d'une révolte perpétuelle...)

Au fond, je crois que ce que j'ai essayé de faire, ou ce que ma nature profonde a essayé de faire en moi, ç'a été que la poésie trouvât place, plus naturellement et plus discrètement, à l'intérieur des limites de la vie, d'une vie qui risquerait peut-être, cette fois, d'être au contraire trop sage, trop mesurée ; de même que le mystère, en fait (ou l'infini, ou l'excès), habite à l'intérieur d'un poème digne de ce nom même quand ce poème se soumet à certaines règles, à certaines conventions, donc à des limites en apparence fatales au mystère. Qu'il y ait une espèce d'infini, un reflet d'infini, dans un poème bâti avec des mots, ou dans une œuvre musicale soumise à des lois strictes, c'est là peut-être le plus grand mystère. Que l'infini puisse entrer dans le fini et, de là, rayonner.

Il fallait donc espérer, ou faire en sorte, qu'une lumière comme étrangère à ce monde restât perceptible dans ce monde imparfait et souvent presque invivable. Et il fallait que cela fût possible, pour moi, en dépit d'une faiblesse grave : à savoir qu'aucun dogme politique, religieux ou philosophique n'avait jamais réussi à me convaincre. Il n'était pas une seule certitude qui ne me parût sujette à caution. Pas un système, si solide fût-il, dont il ne me semblât qu'on pouvait bientôt lui opposer avec succès son contraire. (La pensée de Musil, dont l'œuvre m'a si longtemps accompagné, encourageait ce doute naturel ; ou encore celle de quelqu'un que j'avais eu le privilège de connaître et que j'admirais beaucoup, Jean Paulhan ; et Montaigne, sur cette voie, les avait depuis longtemps précédés…)

Les événements effrayants de l'histoire contemporaine n'étaient pas faits, certes, pour me rendre la confiance. On aurait même dit que leur violence, leur bassesse, en ruinant tant d'ouvrages et tant de vies, ruinaient plus définitivement encore toute formule prétendant expliquer le monde et le transformer au nom de cette explication.

Dès lors, que restait-il ? C'est une question qui m'est souvent montée aux lèvres. Je ne prétends pas que j'aie réfléchi à tout cela d'une façon claire et suivie ; sans doute est-ce un tort, mais je suis rien moins qu'un penseur.

J'étais renvoyé à mes incertitudes. Elles avaient, elles ont encore, de quoi réduire un homme au silence. Néanmoins, il me venait encore, des êtres, des choses, des paysages et des œuvres, des espèces de signes. Pas des explications, ni des formules. C'est ainsi que je découvris, en ce moment particulièrement obscur de la vie où l'on sent s'éloigner la jeunesse, la poésie japonaise, en particulier le genre traditionnel du haïku. Pourquoi lui ai-je accordé d'emblée tant de prix ?

Précisément parce que, mieux qu'aucune autre poésie, dans la plus grande simplicité et la plus raffinée pourtant, loin de poursuivre délire et rupture, elle réussissait, me semblait-il, à illuminer d'infini des moments quelconques d'existences quelconques. C'était plus extraordinaire à mes yeux que l'excès, le vertige, l'ivresse. Comme si, à l'affirmation désespérée de Rimbaud, « la vraie vie est ailleurs », répondait non pas une affirmation contraire (qui ne m'eût pas davantage convaincu), mais comme une floraison de signes discrets témoignant d'une vraie vie possible ici et maintenant.

J'étais bien obligé de constater que, si les formules tendaient à s'entre-détruire, les systèmes à s'entre-annuler, ces signes-là, en dépit ou à cause de leur fragilité même, de leur insignifiance, persistaient, qu'ils résistaient au doute. Une expérience à vrai dire étrange, difficile à communiquer et surtout à faire prendre au sérieux : que l'apparition de la neige à la crête d'une montagne, au-delà des arbres défeuillés, que le vol parfaitement rectiligne d'une aigrette dans le ciel, au-dessus des reflets d'un étang, que ces choses sans aucune valeur, que ces hasards naturels et dépourvus de tout sens, se révélassent à mes yeux d'un plus grand secours, pour continuer à vivre, que toutes les doctrines et les prières du monde.

Au fond, c'étaient de simples lueurs, des éclaircies. Comme si, dans l'obscurité impénétrable de notre condition, s'ouvraient des passages, je ne puis mieux dire, des espèces de fenêtres, de perspectives par où pénétraient de nouveau un peu de lumière, un peu d'air. Et ce peu de lumière, ce peu d'air avaient sur moi tant de pouvoir qu'il m'est arrivé de les dire presque divins, c'est-à-dire venus du plus loin, du plus haut. Revenus à nous d'autant plus volontiers peut-être que nous nous sentions moins sûrs d'aucune vérité... Mais aussi, toujours prêts à nous être de nouveau dérobés, refusés...

Dès lors, je ne pouvais éviter de me poser cette question : qu'est-ce qui avait permis aux maîtres du haïku de concilier ainsi la simplicité et le mystère, la mesure (les règles les plus strictes) et l'infini ? Autrement dit : comment avaient-ils pu être d'authentiques poètes sans chercher la poésie hors des limites de la vie ?

Cela n'avait pu se faire tout seul, ni résulter simplement d'une technique littéraire. Il y avait fallu un mode de vie particulier. Ces hommes avaient dû être, autant que j'en pouvais juger, sinon toujours des vagabonds, du moins des hommes peu encombrés de biens matériels ; très indépendants à l'égard du pouvoir, mais respectueux du passé qu'ils fêtaient en se rendant fidèlement sur la tombe des vieux maîtres ; à la fois détachés du monde et présents au monde, nullement des ascètes ou de simples joueurs. Ni des héros, ni des saints, ni des génies comme le XIXe siècle les a rêvés, comme il en a produit aussi d'admirables. Des passants invisibles. Et parce qu'ils étaient invisibles, le monde pouvait transparaître à travers eux ; leur passage même semblait révéler une lumière inépuisable.

ALAIN JOUFFROY

« La création de l'espace »

Manifeste de la poésie vécue

Nous aurions pu emprunter à Alain Jouffroy (1928-2015), individualiste révolutionnaire passé par le surréalisme, le titre de notre livre : La vie réinventée. *C'est que pour lui la poésie et l'art, dont il fut un passionné critique, ne sont que la formulation tangible d'une expérience vitale première où le réel se saisit à neuf dans l'éclat de l'instant. Dans l'extrait qui suit de la préface à son* Manifeste de la poésie vécue, *on lira les attendus et la généalogie de cette reconsidération de la poésie, celle qui depuis Hölderlin ou Rimbaud en fait l'ouverture à « la réelle lumière » éprouvée face à la mort dans l'intensité de la vie. Non pas un substitut mais un aboutissement de la vie.*

La poésie se manifeste parfois comme une alerte. La sirène de l'alerte semble toujours jaillir d'un silence qui n'en finissait pas. Il n'y a pas de poésie sans éveil : d'*Une saison en enfer* au *Nuage en pantalon*, de Walt Whitman à Allen Ginsberg, il en a toujours été ainsi depuis plus d'un siècle. De Hölderlin à Rilke, de Novalis à Rimbaud et à Larbaud, la poésie moderne n'a pas été conçue pour inciter ses lecteurs à dormir. Elle fait des mots du poème autre chose et plus qu'un matériau sonore. Elle charge leur sens d'une annonce qui restait latente, soudain changée en clameur, ou en cri. Tout se passe comme si le plus grand silence précédait le vrai, le bouleversant poème — les *Chimères, Les Chants de Maldoror, Les Champs magnétiques, Pour en finir avec le Jugement de Dieu* — comme une nuit où, dans l'insomnie, on a distingué le moindre craquement. La mort annoncée rend chaque seconde si intensément vivante que la vie s'offre comme une immensité, où tout vibre d'un *nouveau sens* possible.

On fait toujours comme si cela n'avait pas une importance décisive : toute création poétique est anticipée par une expérience, que j'appelle poésie vécue. De même que son voyage en Orient et ses accès de folie précèdent les *Chimères* de Nerval, le déracinement de Montevideo à Tarbes précède *Les Chants de Maldoror*, comme le siège de Paris les *Poésies* de Ducasse. Les combats au couteau de Londres et les coups de revolver de Verlaine à Bruxelles résonnent jusque dans la *Saison en enfer*. La poésie vécue est aussi une épreuve de mort : les massacres des tranchées de 14-18 sont l'arrière-plan des *Champs magnétiques* de Breton et de Soupault. On n'oublie pas que les exterminations nazies se taisent derrière les poèmes de Paul Celan, on ignore encore qu'ils sont l'arrière-fond de Rodanski. Alberto Giacometti, un poète qui a consacré la plus grande partie de son temps à tenter de reconstruire une peinture et une sculpture de l'espace réel, l'écrit dans ses *Carnets* : « Le poème n'est pas compensation mais aboutissement même des faits, comme toute création de la cervelle humaine. »

La poésie écrite prolonge l'expérience que le poète inaugure en regardant, avec intensité, dans une fraction de stupeur, n'importe quelle chose ou figure du monde. Il faut alors briser la vitre qui semble, depuis des temps immémoriaux, les tenir prisonnières d'une étrange et scandaleuse attente : le silence. Aujourd'hui, je me demande si tous les poètes n'ont pas, d'une manière ou d'une autre, succombé à des avalanches nocturnes : Baudelaire, Nerval, Rimbaud, Ducasse, Arthur Cravan. Mais — parodions Boileau : « Enfin Reverdy vint. » Il a fallu que Pierre Reverdy commence à écrire ses poèmes dans le présent et dans la clarté de l'immédiat pour saisir l'attente de chaque instant comme la vérité imminente, toujours fuyante, du réel. Depuis Reverdy, il y a toujours un train qui vient de passer derrière les poèmes et, pour nous, passagers barnaboothiens des mêmes gares sur terre, il y aura toujours un autre train, d'autres voyageurs, d'autres gares blanches et grises, et puis ce sera le dernier train. Le poète voit le monde comme un *départ.* Dans *Expérience de la mort,* Rilke l'a dit en clair :

Mais quand tu es parti, un bandeau de réel
a percé sur cette scène par la fente
par où tu es parti : un vert réellement vert
une réelle lumière de soleil, une forêt réelle.

Depuis Rimbaud, la modernité de la poésie nous a fait saisir que la limitation de la vie offre la chance, unique, d'agir durablement par les mots. Encore faut-il savoir vivre sa vie de telle manière que nous puissions les jeter dans ce mouvement d'ouverture à la « réelle lumière » sans lequel l'obsession de la nuit bloque, sans mots, toutes les issues. La poésie est, pour chacun, le premier mais aussi le dernier recours contre l'invivable — une sorte de gué dans ce que Serge Sautreau appelle, pardon du jeu de mots, le « gai désastre » du réel.

ANNIE LE BRUN

Si rien avait une forme, ce serait cela

*Il y a chez Annie Le Brun, née en 1942, une pensée intensément libre, intempestive et passionnée de la poésie comme aventure de l'esprit propre à subvertir le rapport à la vie. Une fougue intellectuelle et une confiance absolue dans la force d'éruption poétique qui tiennent sans doute à son côtoiement d'André Breton et son passage par le surréalisme. Mais, on va le voir, la « conscience poétique », dont elle dénonce avec vigueur la répression à l'ère moderne par l'idéologie violente du progrès industriel puis technologique, trouve ses arguments et sa justification dès le XVIII*e *siècle avec le romantisme allemand. N'est-il pas temps, comme elle le propose, de relégitimer cette conscience poétique originelle face au cynisme de la raison technicienne ?*

C'est pourquoi je n'hésiterai pas à revenir sur l'instance de chaos devant laquelle, il y a un peu plus de deux cents ans — au moment où, sans que personne en fût encore conscient, la raison technicienne commençait, à la faveur des premières applications de la machine à vapeur, à bouleverser paysage naturel et paysage sensible — on s'en est remis à la poésie pour ouvrir l'horizon, quand rien d'autre ne le permettait plus.

Non que je veuille établir un simple rapport de cause à effet mais il est des constellations de pensées et de faits, seulement déchiffrables une fois qu'elles ont fini de dessiner la carte du ciel intérieur d'une époque. Ainsi revient-il au romantisme allemand, peu après l'affirmation du sujet critique de Kant, d'avoir cherché à faire apparaître la « forme poétique du monde », en inaugurant, en désespoir de toute autre cause, ce que j'appellerai la première *conscience poétique.* Si depuis lors nous attendons encore quelque chose de la poésie, ce n'est sans doute rien d'autre. Et nous le devons à quelques jeunes gens, Novalis, Hölderlin, les frères Schlegel et leurs amis, qui, presque un siècle avant que Rimbaud ne proclame : « La poésie ne rythmera plus l'action, elle sera en avant », décidèrent d'en faire le cœur battant de toute pensée, tandis que la sensibilité occidentale voyait disparaître ses fondements sacrés au profit d'un avenir manufacturé.

Peut-être sommes-nous déjà trop loin de cette situation où le désarroi commençait à croître avec la soumission à l'idée du Progrès. Et le train où vont les choses devrait-il me dissuader de me référer encore à cette conscience poétique, il me suffit de savoir, qu'à peine née, elle a été suivie par la fameuse question d'Hölderlin, qui reste une des plus graves sommations de la poésie à elle-même : « À quoi bon des poètes en un temps de manque ? » À plus forte raison quand tout ce qui a compté depuis lors — de Novalis à Isidore Ducasse, de Rimbaud à Mandelstam, de Jarry à Cravan… — sans chercher à donner réponse à cette question, y a réussi en désertant les formes convenues de la poésie, pour la retrouver ailleurs et de sorte à en éclairer la nuit moderne à ses plus noirs moments. Lumière d'exception qui déchire la toile de fond sur laquelle une époque croit se reconnaître, c'est Baudelaire qui, exécrant le Progrès, saisit l'essence de la modernité comme c'est Jarry qui, désertant tout le sérieux du monde, dresse avec *Ubu* une bien prémonitoire silhouette postmoderne.

En réalité, la question d'Hölderlin ne supporte pas d'autre réponse que ce genre de fulgurance qui rend inutile toute justification de l'utilité ou non des poètes. Par temps de manque est poète celui-là seul qui révèle la source du manque que personne ne sait voir. Comme si la conscience poétique n'avait d'autre visée que de donner forme à ce manque que presque tous ressentent, sans en rien savoir. Toute la grandeur du romantisme allemand aura été de miser *aveuglément* sur la force désentravante des « échappées de vue » qui en résultent, pour reprendre les mots de Schlegel.

Que l'affirmation de cette conscience poétique ait partie liée avec la montée de l'incroyance ne fait aucun doute, même si une des impasses auxquelles a mené le romantisme allemand fut un retour au christianisme. Ce qui est pour une part imputable à l'espoir d'y retrouver des sentiments que le triomphe des Lumières avait dévalorisés et que l'installation du nouvel ordre industriel, ignorant de toute subjectivité, menaçait de plus en plus. Il est des nuits où nos actes sont prompts à disparaître sous les masques que nous leur donnons, pour mieux nous ramener dans leurs sillages.

Telle est sans doute la raison pour laquelle jusqu'à aujourd'hui cette conscience poétique n'a cessé d'être l'objet d'enjeux, moins littéraires qu'il n'y paraît. Car si la crainte diffuse qu'elle suscite est proportionnelle à l'impression qu'elle pourrait être une alternative à la recherche du sacré, le danger qu'elle représente est d'ouvrir l'espace où la forme peut prendre forme.

Sinon pourquoi les romantiques allemands se seraient-ils tant passionnés à faire de la notion de mythe une des pierres angulaires de leur réflexion, jusqu'à rêver d'une nouvelle mythologie comme d'un autre fondement ?

Curieuse pierre angulaire qui semble d'abord posée à partir d'un manuscrit de 1796, connu pour être de la main de Hegel mais vraisemblablement écrit par Schelling, lui-même influencé par Hölderlin. Mentionné comme « le plus ancien programme systématique de l'idéalisme allemand », ce texte appelle en effet à la rencontre de la philosophie et de la poésie à travers « une nouvelle mythologie » supposée « devenir une mythologie de la *raison*[1] ». Curieuse pierre angulaire qui va se révéler aussi changeante qu'insituable suivant les individualités et qui a vraisemblablement été le *leurre*, autour duquel a pris forme la formidable révolution sensible, s'affirmant dès 1799, quand les uns et les autres se retrouvent à Iéna. Curieuse pierre angulaire qui devient forêt pétrifiée pour Friedrich Schlegel, sûr que « la mythologie est l'expression hiéroglyphique de la nature environnante ». Mais sans qu'on sache s'il s'agit de « l'œuvre d'art de la nature où prend forme effective ce qu'il y a de plus haut », dès lors que « tout y est métamorphose, confrontation et

1. Cité par Charles Le Blanc, Laurent Margantin, Olivier Schefer, *La Forme poétique du monde. Anthologie du romantisme allemand*, José Corti, 2003, p. 398-400.

transformation », comme le prétend Schelling. Ou s'il s'agit de cette patrie perdue qu'Hölderlin situera avec *Hypérion* dans l'Antiquité grecque, alors que pour Novalis, au contraire, « l'Antiquité commence à naître ».

Point de retour ou point de départ ; la mythologie les fascine tous de révéler, à travers ses innombrables figurations, l'entrelacs de ce qui relie l'être au monde, que ce soit à la nature comme aux autres hommes. Et si, en 1803, Friedrich Schlegel avance : « On ne peut pas faire de nouvelle mythologie, parce que tout est infiniment rempli de mythologie ; chaque langue est une mythologie, etc. Mais rendre visible celle qui est invisible, libérer celle qui est attachée, cela on peut bien le faire ; le peut-on réellement, alors la mythologie est un art[1] », remarquable est la façon dont l'impossibilité de créer une nouvelle mythologie facilite ici un glissement de la mythologie à la poésie, telle que la conçoit Novalis reconnaissant au poète pour qualité essentielle d'être celui qui « libère en défaisant les entraves ».

Quelque contradictoires que soient ces vues, elles se rejoignent pourtant dans la même

1. Friedrich Schlegel, in *La Forme poétique du monde, op. cit.*, p. 533.

nécessité de réinventer une mythologie, où il en va autant de retrouver la poésie de l'origine que d'approcher l'origine de la poésie. Comme si, avant même l'apparition d'un monde fondé sur la machine, s'imposait intuitivement l'urgence de la conjurer par l'ouverture d'un espace « tout autre », où jouer et rejouer de mille et une façons le drame du commencement. Comme si, avant même que l'Europe ne s'engageât dans son destin technologique, la conscience poétique avait d'abord consisté à ouvrir les grandes écluses de ce questionnement fondamental. Et, qui plus est, à la lumière de tout le spectre sensible.

Rien de mieux que le début des *Disciples à Saïs* ne peut donner idée de l'immensité et de la phosphorescence de l'horizon que Novalis voit contenu dans le noyau de toutes choses : « C'est par des chemins divers que vont les hommes. Qui les suit et les compare verra d'étranges figures prendre naissance. Figures qui appartiennent, semble-t-il, à cette grande écriture chiffrée que l'on aperçoit partout : sur les ailes, sur les coquilles des œufs, dans les nuages, dans la neige, dans les cristaux et les pétrifications, sur les eaux qui gèlent, à l'intérieur et à l'extérieur des roches, des plantes, des animaux, des hommes, dans les étoiles du ciel, sur les plateaux de résine et de verre frottés et mis en contact, dans les courbes de la limaille autour de l'aimant et dans les surprenantes conjonctures du hasard[1]. »

C'est ce dévoilement du monde qui est alors cherché dans le champ de la mythologie. Mais une mythologie, du coup, aussi éloignée de ses acceptions habituelles que la volonté encyclopédique de Novalis ou de Schlegel l'aura été du propos des Encyclopédistes français. Devant l'ampleur de la question de l'origine comme devant l'immensité du savoir se manifeste le même désir d'affronter l'incommensurable qui est peut-être le « courage de la poésie », dont parle Hölderlin. Courage de l'innocence, pourrait-on dire aussi.

Alors pourquoi, jusqu'à aujourd'hui, continue-t-on de faire comme si *rien* ne s'était opposé au cynisme de la raison technicienne ? Pourquoi ; alors même que notre époque commence à voir dans quelle prison imaginaire le progressisme technologique nous détient depuis si longtemps, continue-t-on d'ignorer, proches ou lointaines, les forêts de signes, les mines de lumière et les jungles de rêves d'où, depuis toujours, l'insoumission sensible imagine les plus folles évasions ?

1. Novalis, *Les Disciples à Saïs*, Mermod éditeur, 1948, trad. Gustave Roud.

Sans doute, le romantisme allemand n'a rien à voir avec la révolte luddiste des tisserands du Yorkshire qui, en trois mois de l'année 1812, détruisirent plus de onze cents machines, censées remplacer leurs petits métiers à tisser, délit aussitôt rendu passible de la peine de mort et qui justifia l'envoi de quatre mille soldats d'abord, puis de dix mille de plus, appuyés par vingt mille hommes de la milice, de sorte que la « violence contre une machine » fût alors « mise sur le même plan que le meurtre d'un être humain[1] ».

Il n'en reste pas moins que, face au *choix* du « progrès technique » en train de s'opérer aux alentours de 1800, le romantisme allemand en détermine l'antipode, inventant une façon d'être et de penser qui, par avance, dénie absolument tout ce qui va venir conforter le cours technologique imposé depuis lors à la marche des choses. Je pense particulièrement à l'intérêt passionné des jeunes gens d'Iéna pour la minéralogie qui, en son principe, dénonce l'exploitation de l'énergie fossile dont allait essentiellement se nourrir notre civilisation « thermo-industrielle », du charbon au pétrole en passant par le gaz naturel.

1. Alain Gras, *Fragilité de la puissance*, Fayard, 2003, p. 44.

N'est-il pas en effet troublant que, peu avant que le « capitalisme carbonifère » ne prenne son essor, Novalis laisse la parole à l'ermite de *Heinrich von Ofterdingen*, pour expliquer au vieux chercheur d'or, devenu mineur : « Vous êtes un peu des astrologues à rebours [...] Alors que ceux-ci observent attentivement le ciel et ses espaces infinis, vous vous tournez vers le sol, explorant sa structure. Ils étudient les pouvoirs, les influences des astres, et vous, les forces des rochers et des montagnes et les différentes actions des lits de terre et de pierre. Le ciel est pour eux le livre de l'avenir — la terre nous révèle les mouvements de l'origine[1] » ?

Aussi, comment ne pas penser qu'une part de la démarche de Novalis, d'abord assesseur, puis directeur des mines de sel de Weissenfels, vise inconsciemment à conjurer la rupture de l'équilibre entre les hommes et la Terre que l'extraction intensive du charbon est en train de provoquer ? À lui seul, le complet renversement de perspective inhérent à cette « minéralogie visionnaire » dit la violence de la critique inconsciente qu'elle induit, celle-ci fût-elle menée analogiquement à travers la double descente en soi-même et vers l'origine des choses que Novalis comme

1. Novalis, *Heinrich von Ofterdingen*, in *Romantiques allemands*, Gallimard, « Bibliothèque de la Pléiade », 1963, t. I, p. 444.

ses compagnons entreprennent, en quête du ciel intérieur.

Alors, pourquoi méconnaître tout cela, sinon pour ne pas reconnaître ce que dévoile la conscience poétique ?

« Là
tout simplement
sous la neige qui tombe »

KOBAYASHI Issa

ZÉNO BIANU ET ANDRÉ VELTER

« Ce qui se veut »

Prendre feu

Je tiens pour ma part l'ardent et vibratoire Prendre feu *de Zéno Bianu et André Velter, figures majeures de la poésie contemporaine, pour l'un des plus parfaits bréviaires de la poésie vécue. Frères d'âme ces deux-là, trafiqueurs d'infini, cherchant chacun à sa manière, cœur battant et vertige au front, la plus haute altitude de la vie. Pour eux l'embrasement de l'écriture, flamme verticale du poème, insurrection du désir insolente et souveraine, est l'exacte réponse à la demande de la vie quand elle est ce qu'elle devrait être toujours : appétit insatiable du monde, soif d'espace, joie conquise, amour fou, et envers et contre tout, chant toujours, chant* debout.

Nous allons suivre ce qui se veut sans suite. Les horizons, les songes, les au-delà, les merveilleux nuages. Nous allons nommer ce qui se veut sans dénomination. Les souffles, les caresses, les masques de fer. Nous allons défendre ce qui se veut sans défense. Les spectres, les baisers, les résurgences, le cœur des coquelicots. Nous allons attaquer ce qui se veut d'attaque. Les systèmes, les pedigrees, les ventes de charité, les mausolées. Nous allons refléter ce qui est sans reflet. Les ivresses, les stupeurs, les ombres rouges. Nous allons dilapider ce qui ne nous appartient pas. Les échiquiers, les tables d'orientation, les os de la Grande Muraille, le labyrinthe de la cathédrale de Chartres. Nous allons rejoindre ce qui reste hors d'atteinte. Les remous de la Sarasvatî à Prayâg, les mirages du Taklamakan, les infracassables noyaux de nuit, les pentes du mont Analogue, le duende d'Orphée. Nous allons aimer ce qui revient à l'amour.

Ce qui est de toute beauté.

Il y a cette liberté belle qui fulgure soudain, étincelante. Il y a ce feu de beauté violente qui parachève tout grand œuvre — pour mieux déployer, fût-il orageux, notre ciel intérieur. Il y a tous ces mystiques ensauvagés, *intenables*, que nous aimons, de Milarepa à Pasolini. Ceux-là fusent et crépitent, spécialistes actifs du bonheur dansant sur des éclats de verre. Ceux-là connaissent le brio de l'embrasement. Nous les aimons parce qu'ils sentent le musc et la primevère, parce qu'un feu chante au fond de leurs yeux sombres.

Est-ce que cela chante ? Ce pourrait être, oui, la seule, la vraie question. Devant toute chose, devant tout être : est-ce que cela chante, impose une magnitude, est-ce que cela flamboie, s'accorde au feu central ? Car un feu persiste toujours, hors de la sphère du temps. Un feu si absolument, si parfaitement feu qu'il devient la matrice du verbe, le berceau du geste, la clé de l'être. Un feu d'amour *philosophe.* Pour ne plus se cramponner. Pour renouer, remettre en lumière. Rencontrer ce qui n'a ni début ni fin.

Une vibration nous porte, et les mots frissonnent, galopent, swinguent au-devant de nous. À peine entrevus, ils sont déjà loin. À peine esquissés, ils ont laissé des traces. À peine rêvés, ils exigent un surcroît d'insomnie.

La poésie, la poésie sur le qui-vive, la poésie qui ne reste pas à quai, la poésie qui ne se cache pas derrière son ombre, la poésie qui ne congédie pas ses prodiges, la poésie est réglée comme un portulan et déréglée par on ne sait quel appel de sirènes. C'est codé et aléatoire, exact aux rendez-vous qui n'ont pas été pris.

Ainsi la partition s'écrit-elle à l'oreille et se perçoit-elle sur le bout des doigts. Aucune autre écriture ne jubile à ce point, les cinq sens mobilisés jusqu'à transférer leur registre, jusqu'à fusionner leur vertu. On goûte une strophe, on respire une ou deux rimes féminines, on voit une assonance, on entend un enjambement, on a la faiblesse de caresser un bel alexandrin.

Ça déchiffre, ça vocalise, ça exulte par tout le corps.

Écoutez comme tout le corps éclot dans la voix.

Respiration, rythme, danse vocale.

Rafale d'absolu.

La poésie, trouée de feu au centre de la langue par où le monde soudain prend acte et signification, par où se perpétue la ronde frémissante du fragment et du tout.

Sans peyotl, chanvre indien, opium, cocaïne ou éther, la poésie opère comme une drogue ultime, avec ses incommensurables effets secondaires, ses sidérations visuelles, musicales, tactiles, sensuelles, ses instincts tectoniques et ses insolations.

Nous sommes tissés, entretissés de mots. Et de ces mots la poésie est le plus haut trait d'union, celui qui entend leur faire dire ce qu'ils ne semblent pouvoir dire. La poésie, sans fin, fusionne coup de poing et caresse. Elle prend corps de toutes mains et de toutes empreintes.

Après avoir frappé plusieurs fois dans ses mains, Hakuin, instructeur zen des plus singuliers, tendait brusquement une seule paume dans le vide. Quel son entendez-vous ? demandait-il à ses disciples, bousculant ainsi les fondements mêmes de leur expérience quotidienne.

Oui, quel est donc le son d'une seule main ? Ce *bruit silencieux* n'est autre que notre fonds commun, à la fois trésor de ressourcement et retour à l'évidence. Noyau d'amour et fabuleux potentiel énergétique.

Entre reconnaissance éclairante et perpétuation opiniâtre, la poésie souffle plus loin que nos tombeaux. Elle évite à la langue de mourir. Et pour cela elle se doit d'être l'écriture embrasée, quintessenciée, insurrectionnelle de la vie.

JEAN-CLAUDE PINSON

« Écologie dernière »

Pastoral. De la poésie comme écologie

Poète de haute venue né en 1947, Jean-Claude Pinson est aussi celui qui au fil de nombreux essais a le mieux commenté et argumenté cette pensée de la poésie qu'avec Georges Perros il nomme une poéthique *: une manière d'être et d'habiter le monde au plus juste, qui est certes le vœu de bien des poètes, ceux notamment rassemblés dans ce livre, mais aussi de tous ceux qui entendent être poètes de leur vie. On comprendra la raison, la nécessité et l'actualité de cette proposition alternative à la non-vie qu'organisent nos sociétés consuméristes dans la réflexion qui suit et qui dit magnifiquement combien le choix de la* vie profonde *n'est pas une fuite mais un acte de rébellion et d'affirmation.*

Réfugiés dans la vie profonde. — Faute d'autre solution (faute de révolution), la tentation est forte d'une forme de retraite, de *soustraction* à un cours du monde dont on estime qu'il est carrément désastreux. Comme s'il n'y avait « rien à faire sauf *endurer* en maintenant quelques rares valeurs ». Telle était la formule de Sartre évoquant la situation de Merleau-Ponty au moment où celui-ci prenait acte en 1950 de son échec politique (de l'impasse où l'avait mené son parcours de compagnon de route du P. C.) : « il abandonna la politique au moment qu'il jugea s'y être fourvoyé ». Ce qui signifiait pour lui, comme il le déclare alors à Sartre, faire retraite pour « écrire sur la Nature », une Nature qui à ses yeux équivaut au « monde sensible, ce monde "décidément universel" où nous rencontrons les choses et les bêtes, notre propre corps et les autres ». Son chemin de pensée croisa alors, poursuit Sartre, celui de Heidegger, mais quand « l'Être est l'unique souci du philosophe allemand, en dépit d'un vocabulaire parfois commun, l'homme reste le souci principal de Merleau ». Et Sartre croit bon de préciser que « Merleau ne trahit jamais : débouté, il se réfugia dans sa vie profonde », une vie qui avait pour lui les couleurs de son enfance et qu'il continua, exilé d'elle, à vivre comme un « âge d'or », « comme un paradis qui s'éloignait chaque jour un peu plus ».

Fuir la vie superficielle, « bavarde », et se retirer dans une « vie profonde » pour y mener une vie d'anachorète ne signifie pas nécessairement qu'on renonce et qu'on cède à la banale tentation narcissique d'une retraite où pouvoir à son aise cuver sa mélancolie et rêver à loisir. Le pas de côté qui consiste à choisir une forme de vie nécessaire à quiconque souhaite se livrer pleinement à l'activité solitaire du penseur, du chercheur, de l'écrivain, de l'artiste, n'est pas dépourvu d'une dimension critique. C'est aussi, souvent sinon toujours, affirmer, en s'éloignant de tous les lieux de pouvoir, un refus de l'ordre du monde. C'est ainsi par exemple qu'on peut comprendre la retraite du mathématicien Alexandre Grothendieck, refusant honneurs et prébendes, rompant avec toute institution savante, pour se réfugier, anachorète écologiste avant l'heure, dans une forme de vie profonde (en l'occurrence en Ariège).

Un semblable chemin de traverse, le « poétariat » peut aussi l'emprunter quand il s'avère que l'action poétique ne peut être que souterraine, opérant alors selon une ligne plus diagonale que frontale. « Fuir, se cacher, enterrer un témoignage, aller ailleurs, trouver la tangente... », c'est encore agir. Et Georges Didi-Huberman, à qui j'emprunte ces mots, de citer, après Hannah Arendt, l'exemple de Lessing, qui sut « se retirer sans se replier » (« se retirer "hors du monde" de la *lumière* tout en travaillant, écrit Didi-Huberman, à quelque chose qui pût "être encore utile au monde", une *lueur* en somme »).

Cette posture, deux philosophes, Antonio Negri et Michael Hardt l'ont de leur côté ainsi décrite : « Alors que dans la modernité, l'être-contre signifiait souvent une opposition directe et / ou dialectique, dans la postmodernité, être-contre pourrait être le plus efficace dans une position oblique et diagonale. Les batailles contre l'Empire pourraient être gagnées par soustraction, dérobade ou défection. Cette désertion n'a pas de lieu : c'est l'évacuation des lieux de pouvoir. » *Abdication* (*i. e.* évacuation des lieux de pouvoir, quels qu'ils soient), mais non *abjuration* : c'était déjà l'attitude d'un Thoreau. Et si cette désertion prend souvent la forme d'un exode *urbain*, elle s'opère aussi dans les plis et replis des villes et mégapoles, dans leurs vacuoles, transformées en zones alternatives à défendre.

Beaucoup de tous ceux qui aspirent à être les poètes de leurs propres existences et les acteurs d'une révolution moléculaire (avant même que d'être molaire) dans l'ordre des formes de vie, font ce choix. C'est dans l'ombre et les marges, réfugiés dans la « vie profonde », qu'ils agissent, attachés à retrouver, ressusciter l'« archaïque naïveté » de « l'immanence perdue » (ce sont les mots de Sartre à propos de Merleau-Ponty). Anachorètes, ils sont aussi souvent choreutes, car le chœur et la fraternité leur importent.

Dispersés, ils s'emploient, à rebours de l'éclatement en archipel qui est leur, à recréer du commun et du lien, des solidarités, usant pour cela de tous les outils offerts par les technologies d'aujourd'hui.

JEAN-PIERRE SIMÉON

« Une autre façon de la vie »

Petit éloge de la poésie

Jean-Pierre Siméon (né en 1950) tisse une œuvre foisonnante où s'embrassent, avec échos, création poétique, composition théâtrale et écriture théorique. Au sein de son œuvre lyrique, au souffle rare, il ne cesse de défendre un sens vital du poétique : la poésie — qu'elle trouve sa forme au sein du poème ou demeure état d'être — s'y confond avec une manière singulière d'« habiter *» le monde. Amoureuse, politique, la poésie siméonienne ne cesse ainsi de creuser le sens d'une « Ouverture » existentielle que le poème, de manière tout à fait privilégiée, préserve et approfondit. Une dimension que l'écrivain déplie encore tout particulièrement dans ses essais* La poésie sauvera le monde *(2015) et* Petit éloge de la poésie *(2021). En 2022, Jean-Pierre Siméon a reçu le Grand Prix de poésie de l'Académie française pour l'ensemble de son œuvre.*

M. G.

Voilà donc où il faut en venir, à cela dont le poème est le lieu privilégié d'apparition et l'occasion d'un partage collectif. Cela qui désigne comme dénominateur commun l'enjeu et la visée profonde de la poésie en ses infinis avatars : la poésie postule une autre manière d'être, une autre façon de la vie, une autre façon d'habiter le monde.

Il se trouve que dans la maudite opinion courante cet *autrement* trouve une expression détériorée et à contresens dans la figure du poète doux rêveur, sentimental et mélancolique, marchand de fleurs de rhétorique, inadapté et marginal, se prenant les pieds dans ses lacets ou heurtant les réverbères les yeux tournés vers les étoiles. Stéréotypes à la peau dure qui sont évidemment comme tous les stéréotypes la caricature de ce dont il est question.

De quoi donc est-il question ? D'une pensée (oui, la poésie est une *autre* forme de la pensée) qui pose comme principe que la vie ne trouve aucunement sa condition, sa justification et sa seule garantie dans l'avoir. Celles-ci résident fondamentalement dans une pleine présence à soi-même et au monde, à soi-même dans le monde (et donc compte tenu nécessairement de l'autre et de l'ailleurs), une présence intense et fragile adonnée à ce qui la déborde et l'augmente, à ce que Rilke nommait l'« Ouvert ».

Cet état d'ouverture, élan et accueil à la fois, qui implique l'être tout entier, corps et âme, et dont chacun est a priori capable, relève d'un choix. On ne peut en effet en faire l'expérience qu'au prix de l'effort qui arrache aux préoccupations tyranniques de *l'avoir* et de ses moyens, le pouvoir et le paraître, auxiliaire du pouvoir. Il va de soi que cette expérience et le surcroît de vie et de conscience qu'elle promet ne sont possibles que si l'on ne voue pas son existence à d'autres fins et à d'autres faims, richesse et notoriété pour les uns, divertissements de masse compensatoires pour les autres, tous leurres dont la jouissance immédiate est aussi vide qu'éphémère. La manière d'être dont je parle consiste à rejoindre le plus constamment possible ce que Georges Haldas nommait donc *l'état de poésie*, qui est concrètement une autre manière de voir, d'entendre, de comprendre, de se situer dans le tout du monde ; il s'agit de se vouloir traversé sans précaution par le flux du réel. Comme si notre être, par une hypersensibilité à l'autre en soi et hors de soi, se mettait en incandescence, dressé dans une attention supérieure qui nous livre soudain des choses, ce que dans le cours ordinaire de nos existences, soumis à nos occupations et préoccupations innombrables, nous manquons inévitablement.

L'enfant, dont l'esprit et les sens lui sont d'un usage libre parce que non encore préemptés par les lectures autorisées du monde, est naturellement en état de poésie. « Le génie n'est que l'*enfance retrouvée* à volonté », disait Baudelaire, pour le génie peut-être, pour la poésie, qui est une course effrénée à pieds nus dans les prairies du réel, c'est certain. Cet abandon peu raisonnable à l'ouvert et à l'imprévu de la vie n'est évidemment pas sans risque. Qui ne sait qu'étreindre éperdument la vie expose à la joie comme à la douleur ? « Il n'y a pas d'amour heureux », affirmait le fou d'Elsa, mais l'amour, quel que soit son objet, est sans doute le seul moyen d'échapper au sentiment de vanité de la vie. L'état de poésie, c'est ensemble un désir furieux d'appréhender, d'apprendre et de comprendre, et un amour désespéré de la vie insaisissable. Qu'est-ce que vivre en poète sinon récuser, autant qu'il est possible — tout le monde n'est pas Van Gogh ou Artaud —, les leurres et vanités de l'existence pour se donner à cette effervescence d'être qui jette à corps perdu dans le plus intense de la vie, son adorable et désespérant mystère ? S'il n'est pas possible, à moins donc de s'y brûler, de vivre constamment en poète, c'est-à-dire à la pointe extrême de sa vie, y tendre secrètement sera pour chacun le serment fait à lui-même de ne pas renoncer.

Il faut donc considérer le poème comme la transmutation ou l'effet dans la parole de l'état de poésie — un manifeste de la poésie vécue comme le diraient André Velter ou Alain Jouffroy. De fait, le poème ne vaut que s'il vibre, pour le lecteur ou l'auditeur, de l'écho de l'expérience qui est son origine et sa seule justification — il n'est sinon qu'un effet de rhétorique dont notre besoin n'a que faire. Aucune analyse bien sûr ne saurait en rendre compte ni prouver cette vie dans la langue, seule la comprend mystérieusement en nous notre soif insatiable d'être. La poésie, voyez-vous, c'est avant le poème : une position décidée qui est le fondement d'une éthique. Il s'agit d'être exact avec la vie.

CHRISTIAN BOBIN

Autoportrait au radiateur

Je ne sais pas de plus constant, plus résolu, plus fervent plaidoyer pour la poésie à vivre *que l'œuvre et la vie de Christian Bobin (1951-2022). Sa prose musicienne est comme un chant continu de la beauté cueillie au ras du réel le plus humble, elle sait capter et nous restituer comme des évidences, au gré d'images imprévues et ultrasensibles, les merveilles infimes et les ferments de joie si proches mais que notre désinvolture nous fait ignorer. Pour vivre en poète comme le fit Bobin, il faut face à la mort omniprésente l'audace et le courage de réaffirmer sans faillir, au nez des ricaneurs cyniques, la splendeur de la vie mise à nu. Le lisant on ne lit pas de la littérature, on entend d'un frère humain le cœur qui bat par amour. Et c'est notre propre cœur.*

Lundi 7 octobre

Il y a une littérature qui est somptueuse, surchargée d'or et d'estime de soi. Elle tient l'écriture pour plus grande que la vie. Elle ne sait rien de plus noble qu'une belle phrase. Elle a sans aucun doute engendré des chefs-d'œuvre, et elle m'indiffère. C'est une autre littérature dont j'ai faim. Elle est aussi ancienne que la première. Elle ne suppose pas moins de travail mais elle ne cherche pas la même chose. Ou plutôt : il y a une écriture qui cherche, ne trouve que par accident ou par grâce, et continue à chercher. Et il y a une écriture qui tourne devant son miroir, une mariée qui essaie sa robe. Celle-là ne cherche rien. Elle n'a rien à chercher, ayant depuis toujours trouvé qui épouser : elle-même. Sa beauté ne m'impressionne pas. Je n'admire pas une œuvre parce qu'on me dit de l'admirer, mais pour la puissance d'amour qui vibre en elle. Ce que j'entends ici par amour n'est rien de sentimental. L'amour qui est seul réel est d'une dureté incroyable. C'est le mot : incroyable. Le poète Henri Pichette dit que l'on ne devrait jamais écrire une seule phrase que l'on ne puisse chuchoter à l'oreille d'un agonisant. Eh bien c'est exactement ça. L'écriture que j'aime, c'est exactement ça. Et nous sommes tous des agonisants, n'est-ce pas ? Où me mènent de telles réflexions ? À rien, à rien. Ce n'est pas grave : une petite poussée de fièvre. Ce que je dis là, je peux le dire autrement : il y a une parole des princes et il y a une parole des gueux. Celle des princes est comme une chambre où il n'y aurait rien et où en même temps tout serait plein, rempli à ras bords. C'est une parole qui est sourde de se suffire à elle-même. Celle des gueux, au contraire, contient en elle assez de vide — d'espace, de silence — pour que le premier venu s'y faufile et y découvre son bien. C'est une parole qui laisse en elle une place à l'autre, qui rend possible la venue d'autre chose qu'elle-même. Vous savez : la vieille tradition de disposer sur la table une assiette en plus pour un visiteur imprévu, étranger. Ce sont ces paroles-là que j'aime. C'est à ces tables que je mange le mieux.

« Arrive, feu !
Nous sommes avides
D'assister au jour »

Friedrich Hölderlin

SOURCES

Marina TSVÉTAÏÉVA, *Vivre dans le feu. Confessions*, présenté par Tzvetan Todorov, traduit du russe par Nadine Dubourvieux, « biblio roman », Le Livre de poche, 2008, © Éditions Robert Laffont, 2005.

Arthur RIMBAUD, *Poésies. Une saison en enfer. Illuminations*, préface de René Char, édition de Louis Forestier, « Poésie / Gallimard » n° 87, 1973.

Paul VALÉRY, *Variété III, IV et V*, « Folio essais » n° 404, 2002.

Rainer Maria RILKE, *Les Cahiers de Malte Laurids Brigge*, traduit de l'allemand par Maurice Betz, Émile-Paul Frères, 1947.

Virginia WOOLF, *Orlando*, traduit de l'anglais par Jacques Aubert, édition de J. Aubert, « Folio classique » n° 6510, 2018, © Éditions Gallimard, 2012, pour la traduction française.

SAINT-JOHN PERSE, *Amers* suivi de *Oiseaux*, « Poésie / Gallimard » n° 53, 1970, © Éditions Gallimard, 1961.

Emily DICKINSON, *Quatrains et autres poèmes brefs*, présentation et traduction de l'anglais par Claire

Malroux, « Poésie / Gallimard » n° 348, 2000,

Paul Éluard, *Poésie involontaire et poésie intentionnelle*, préface de Jean-Pierre Siméon, « Poésie d'abord », Seghers, 2011 ; *Œuvres complètes I*, édition de Marcelle Dumas et Lucien Scheler, « Bibliothèque de la Pléiade », 1968.

Louis Aragon, *Œuvres poétiques complètes II*, édition publiée sous la direction d'Olivier Barbarant, « Bibliothèque de la Pléiade », 2007,

Joë Bousquet, *Lettres à Poisson d'Or*, préface de Jean Paulhan, « L'Imaginaire » n° 198, 1988.

Charlotte Delbo, « Une connaissance inutile », *Auschwitz et après II*,

Andrée Chedid, *Textes pour un poème* suivi de *Poèmes pour un texte*, 1949-1991, « Poésie / Gallimard » n° 552, préface de Matthieu Chedid, 2020,

Ozaki Hôsai, *Haiku. Anthologie du poème court japonais*, présentation, choix et traduction du japonais par Zéno Bianu et Corinne Atlan, « Poésie / Gallimard » n° 369, 2002,

Jack Kerouac, *La grande traversée de l'Ouest en bus et autres textes beat*, traduit de l'anglais (États-Unis) par Pierre Guglielmina, « Folio 3€ » n° 7058, 2022,

© Éditions Gallimard, 1998, pour la traduction française.

Yves Bonnefoy, *Le Lieu d'herbes, le lac au loin* suivi de *Mes souvenirs d'Arménie*, « Lignes fictives », 2010, © Éditions Galilée, 2010.

Georges Perros, *Papiers collés II*, « L'Imaginaire » n° 221, 1989, © Éditions Gallimard, 1973.

Friedrich Hölderlin, « Le Rhin », *Hymnes*, in *Odes, Élégies, Hymnes*, préface de Jean-François Courtine, poème traduit de l'allemand par Gustave Roud, « Poésie / Gallimard » n° 272, 1993, © Éditions Gallimard, 1967, pour la traduction française.

Philippe Jaccottet, *Une transaction secrète. Lectures de poésie*, « Poésie / Gallimard » n° 497, 2015, © Éditions Gallimard, 1987.

Alain Jouffroy, *Manifeste de la poésie vécue avec photographies et arme invisible*, « L'Infini », 1995, © Éditions Gallimard, 1995.

Annie Le Brun, *Si rien avait une forme, ce serait cela*, « Blanche », 2010, © Éditions Gallimard, 2010.

Kobayashi Issa, *Haiku. Anthologie du poème court japonais*, présentation, choix et traduction du japonais par Zéno Bianu et Corinne Atlan, « Poésie / Gallimard » n° 369, 2002, © Éditions Gallimard, 2002, pour la traduction française.

Zéno Bianu et André Velter, *Prendre feu*, « Blanche », 2013, © Éditions Gallimard, 2013.

Jean-Claude Pinson, *Pastoral. De la poésie comme écologie*, « Recueil », 2020, © Éditions Champ Vallon, 2020.

Jean-Pierre Siméon, *Petit éloge de la poésie*, « Folio 3€ » n° 6983, 2021, © Éditions Gallimard, 2021.

Préface de Jean-Pierre Siméon 7

ARTHUR RIMBAUD, « Lettres dites du voyant », *Poésies 1870-1871* 17
PAUL VALÉRY, « Poésie et pensée abstraite », *Variété V* 21
RAINER MARIA RILKE, *Les Cahiers de Malte Laurids Brigge* 27
VIRGINIA WOOLF, *Orlando* 31
SAINT-JOHN PERSE, *Allocution au banquet Nobel du 10 décembre 1960* 35
PAUL ÉLUARD, Préface à *Poésie involontaire et poésie intentionnelle* 45
LOUIS ARAGON, « J'appelle poésie cet envers du temps », *Œuvres poétiques complètes II* 49
JOË BOUSQUET, *Lettres à Poisson d'Or* 51
CHARLOTTE DELBO, « Prière aux vivants pour leur pardonner d'être vivants », *Une connaissance inutile* 55
ANDRÉE CHEDID, « La poésie, le poème », *Terre et poésie* 59

JACK KEROUAC, « Croyance et technique pour la prose moderne », *La grande traversée de l'Ouest en bus et autres textes beat* 69
YVES BONNEFOY, *Le Lieu d'herbes, le lac au loin* 73
GEORGES PERROS, *Papiers collés II* 77
PHILIPPE JACCOTTET, « À la source, une incertitude… (Remerciement pour le prix Montaigne) », *Une transaction secrète. Lectures de poésie* 83
ALAIN JOUFFROY, « La création de l'espace », *Manifeste de la poésie vécue* 93
ANNIE LE BRUN, *Si rien avait une forme, ce serait cela* 97
ZÉNO BIANU et ANDRÉ VELTER, « Ce qui se veut », *Prendre feu* 111
JEAN-CLAUDE PINSON, « Écologie dernière », *Pastoral. De la poésie comme écologie* 117
JEAN-PIERRE SIMÉON, « Une autre façon de la vie », *Petit éloge de la poésie* 123
CHRISTIAN BOBIN, *Autoportrait au radiateur* 129

Sources 135

Lisez ou relisez les livres de Jean-Pierre Siméon parus aux Éditions Gallimard :

LETTRE À LA FEMME AIMÉE AU SUJET DE LA MORT *et autres poèmes* (« Poésie / Gallimard nº 526)

LEVEZ-VOUS DU TOMBEAU (« Blanche », 2019)

UNE THÉORIE DE L'AMOUR (« Blanche », 2021)

PETIT ÉLOGE DE LA POÉSIE (« Folio 3€ » nº 6983)

COLLECTIF, *Défense et illustration de la langue française aujourd'hui*, liminaire avec Xavier North (« Poésie / Gallimard, Hors-série, 2013).

COLLECTIF, *La littérature dès l'alphabet*, ouvrage dirigé par Henriette Zoughebi (Gallimard Jeunesse, 2002).

ANDRÉE CHEDID, *Rythmes*, préface (« Poésie / Gallimard » nº 527)

CHARLES JULIET, *Pour plus de lumière, Anthologie personnelle (1990-2012)*, préface (« Poésie / Gallimard » nº 554)

Tous les papiers utilisés pour les ouvrages des collections Folio sont certifiés et proviennent de forêts gérées durablement.

Composition Nord Compo
Impression Novoprint
à Barcelone, le 9 mai 2023
Dépôt légal : mai 2023

ISBN 978-2-07-301586-0 / Imprimé en Espagne

559294